AF188732

Briefe an ein viel zu früh geborenes Kind

BoD™

BOOKS on DEMAND

Adelheid Bürkle

Briefe an ein viel zu früh geborenes Kind

- Roman -

Herstellung und Verlag:
BOD – Books on Demand, Norderstedt
ISBN: 978-3-744-87200-3
Dritte Auflage: 08/2017

FSC
www.fsc.org

MIX

Papier aus ver-
antwortungsvollen
Quellen
Paper from
responsible sources

FSC® C105338

Bibliografische Information der Deutschen Nationalbibliothek:
Die Deutsche Nationalbibliothek verzeichnet diese Publikation in der Deutschen Nationalbibliografie; detaillierte bibliografische Daten sind im Internet über http://dnb.dnb.de abrufbar.

© 2017 Adelheid Bürkle

Über die Autorin: Adelheid Bürkle schreibt seit ihrer Jugend und wirkt bei Lesungen und Anthologien mit.

Das hier vorliegende Buch erschien bereits 2002 schon einmal. 2011 wurde es aktualisiert. Und jetzt – 2017 – wurde es gründlich überarbeitet und aktualisiert.

Die Ortsnamen wurden alle (mit Ausnahme von Düsseldorf, Frankfurt und Heidelberg) durch von der Autorin erfundene Ortsnamen ersetzt.

Briefe an ein viel zu früh geborenes Kind
Autorin: Adelheid Bürkle
Satz, Foto und Covergestaltung: Adelheid Bürkle
© 2017 by Adelheid Bürkle
Herstellung und Verlag: BoD – Books on Demand, Norderstedt
ISBN: 978-3-744-87200-3
Alle Rechte vorbehalten

1. Kapitel: Du

Mein lieber Peter,

ein Roman soll dies werden, am besten ein Roman in Briefform. Irgendjemand sagte einmal zu mir, ich könnte gut Briefe schreiben. Ich weiß nicht mehr, wer dies gesagt hat.

Darum möchte ich dir einen Roman schenken, einen Roman über dich. Einen Roman, den du später einmal lesen kannst. Wenn du überhaupt einmal die Fähigkeit, lesen zu können, besitzen wirst – denn wer weiß das schon. Aber ein Roman bietet mir viele Möglichkeiten. Ich darf Personen- und Ortsnamen ändern, wenn ich eigene Erfahrungen einfließen lasse. Ich kann bei „nicht-medizinischen Ereignissen" meine ganz eigenen Erklärungen finden, die ich in einem Erfahrungsbericht nicht geben könnte.

Ja, ich schreibe auf, wie es war. Vielleicht hilft dieses Buch auch anderen „Frühchen" eines Tages zu begreifen, wie sie in dieses Leben geworfen wurden. Vielleicht hilft dieses Buch betroffenen Eltern und allen Leuten, die sich über früh geborene Babys informieren wollen.

Du kamst in mein Leben im Dezember 1998 – genauer gesagt, erfuhr ich endgültig von deiner Existenz an diesem 23. Dezember 1998. Ein eisiger Wintertag ohne Schnee. Ein Tag, an dem man am besten vorsichtig mit dem Auto fuhr – denn es konnte ja irgendwo Glatteis lauern. Ein Tag, an dem viele Leute schon an Weihnachten, Urlaub und Skifahren dachten. Ich hatte noch einen Termin beim Frauenarzt wahrzunehmen – und danach wusste ich Bescheid.

Danach wusste ich, dass du da warst, dass du in mir zu wachsen, zu werden begonnen hattest.

„Wenn Gott will und wir leben, dann sind wir ab August zu dritt!" sagte ich zu Patrick am Telefon.

Patrick, so heißt dein Vater. Der vollendete Vater schlechthin, ein Familienmensch durch und durch. Patrick. Er wollte schon immer ein Kind, und am 23. Dezember 1998 konnte ich ihm berichten, dass ich schwanger war.

Ich heiße Sonja Geddes, war 36 Jahre meines Lebens Single – bis ich Patrick heiratete. Und ein halbes Jahr nach unserer Hochzeit hatte ich die Bestätigung, dass ich dich, mein liebes Kind, erwartete.

Dein Vater wusste nicht, was er darauf sagen sollte. Ich hörte nur sein Atmen. Freute er sich? Ja, ich denke, er freute sich sehr. Jeder Mann ist zuerst einmal gerührt, erschrocken oder erstaunt, wenn er hört, dass seine Partnerin schwanger ist. Und nun bekamen wir ein Kind - dich! Die Vermutung, die wir schon seit Wochen hegten, wurde an diesem 23. Dezember 1998 bestätigt: Ich war schwanger. Jetzt gab es eine Begründung für die seit Tagen fällige Periode, für die Tatsache, dass ich schnaufte, wenn ich auf einmal mehrere Treppen bestiegen hatte, und für diverse andere Unpässlichkeiten – für die Tatsache, dass ich mich plötzlich anders fühlte.

Ich fragte deinen Vater nicht: „Freust du dich denn nicht?" Denn ich wusste: Er freute sich, wünschte er sich doch schon seit Jahren eine Familie. Nicht nur eine Ehefrau, nein, mindestens ein Kind, das lachend durch das Haus in seiner kleinen Heimatstadt Aliceberg tollte und es mit Leben erfüllte. Und nun war dieses Kind, nämlich du, unterwegs. Wurde es nicht schon lange Zeit für ihn, endlich Vater zu werden? Immerhin würde er Anfang März des folgenden Jahres seinen 40. Geburtstag feiern. In diesem Alter hatten schon andere Väter beinahe erwachsene Kinder.

Nun hatte Patrick die Gewissheit: es hatte geklappt, ich war schwanger. Und er wusste, das war nicht ganz selbstverständlich.

Wie viele Paare „übten" jahrelang und bekamen doch kein Kind? Übung macht den Meister – so sagt man, aber Übung macht noch lange kein Kind. Vielleicht hatte es geklappt, weil Patrick sich Anfang November 1998 sehr fit fühlte. Er investierte eine Woche Urlaub, um mit seinem Bruder Ewald im obersten Stockwerk des Hauses in Aliceberg zu arbeiten. Sie wollten aus den ungenutzten Räumen im zweiten Stock eine gemütliche Wohnung zaubern – mit Blick auf die Martinskirche, in ruhiger Wohnlage, mit Holzdecke, reinweißen Wänden. Eine Wohnung, die man vielleicht einmal vermieten konnte und deren Räume irgendwann von seinen Kindern bewohnt werden würden. Dann, wenn sie älter waren.

Bis dahin jedoch war es noch lange Zeit. Patrick freute sich auf dich, auf das heranwachsende Leben in mir. Denn wenn ein Mann eine Frau fürs Leben gefunden hat und in seinem Beruf auf beiden Beinen steht, dann wird es Zeit, dass sich Nachwuchs einstellt und der Mann Vater wird. Dein Vater und ich hatten uns schon oft über dieses Thema unterhalten und auch diverse Bücher gelesen. Patrick verstand manche Männer nicht. Männer, die nicht Väter werden wollten. Männer, die ein Kind für zu hinderlich erachteten, um Reisen zu planen, große Anschaffungen ins Auge zu fassen und diverse Freiheiten auszuleben. Aber sicherlich würden genau diese Männer eines Tages diese Entscheidung bereuen. Manche Männer wünschten sich Kinder von ganzem Herzen, konnten aber aus unterschiedlichsten Gründen keine bekommen – diese Männer waren zu bedauern. Wenn aber ein Mann Vater werden will und es sich erwiesen hat, dass dies möglich ist, dann gibt es allen Grund zur Freude.

Und so freute sich auch Patrick, dein Vater. Ich sah nicht, wie er sich freute, denn ich hörte ihn ja nur durchs Telefon, ich sah nicht in sein Gesicht. Aber ich spürte, wie er sich freute. Wahrscheinlich dachte er noch nicht daran, wie sich das Leben ändern würde. Nicht, weil er den Tatsachen nicht ins Auge sehen wollte. Sondern, weil er diesen Weg Schritt für Schritt gehen mochte.

Er dachte, die Zeit als Familie würde schön werden. Auch wenn du uns nachts wecken würdest, wenn wir eine Weile lang keine langen und weiten Reisen mehr machen könnten, wenn es finanziell ein bisschen enger werden würde.

Er freute sich, denn es würde schön werden. Er wusste, es konnte Komplikationen geben – schon während der Schwangerschaft, bei der Geburt, danach. Er wusste schon immer, Kinderkriegen – eigentlich ein normaler Vorgang - gehört zum Schwierigsten auf Erden. Aber solange Gott Kinder auf die Welt setzt, hat er die Hoffnung in die Menschheit noch nicht aufgegeben. Und so vertraute er mein Leben und deines Gott an. Gott würde uns beide an seiner großen Hand nehmen und uns führen und leiten.

Und er freute sich, weil ich endlich zu ihm ziehen würde. Von der Kleinstadt Mirandabach, wo ich während der Woche wohnte und arbeitete, in seine Heimatstadt Aliceberg.

Zwei Menschen sind noch keine Familie, und mit mir war er „nur" verheiratet, aber nicht verwandt. Du, mein liebes ungeborenes Kind, würdest mit uns beiden verwandt sein. Ein schöner Gedanke? Wir dachten so. Sogar ein romantischer Gedanke, wenn man sich so liebt, wie wir uns liebten. Du würdest uns mehr verbinden als alles andere.

Und mit diesem Gedanken gingen wir in unsere Betten – Patrick in Aliceberg, ich in Mirandabach. Am nächsten Tag feierte man Weihnachten. Wir hatten bereits unser schönstes Weihnachtsgeschenk an jenem Abend erhalten.

Du warst es – und die Tatsache, dass du begannst, heranzuwachsen.

2. Kapitel: Warum heutzutage noch Kinder gebären?

Mein lieber Peter,

weißt du, wie das ist, wenn eine Frau Kinder bekommt? Nein, ich denke, man kann diesen Zustand nicht nachempfinden, wenn man noch nicht selbst schwanger war und ein Kind geboren hat. Männer werden diesen Zustand ohnehin nie nachempfinden können. Sie können einfach nicht fühlen wie Frauen, wie werdende Mütter. Das Leben ändert sich für eine Frau, die schwanger ist. Auch für mich änderte sich das Leben.

Du begannst in mir heranzuwachsen, und das war eine völlig neue Situation für mich. Eine Situation, die ich noch nie erlebt hatte. Konntest du mich hören, wenn ich sprach? Dort in meinem Bauch? Hörtest du schon damals genau, was meine Gesprächspartner und ich sagten? Fühltest du genau, was ich dachte? Auch wenn du noch kleiner war als ein Streichholz, auch wenn du nur ein winziger Punkt warst auf einem Ultraschallbild beim Frauenarzt. Ich weiß es nicht. Viele Psychologen haben Bücher geschrieben über das Seelenleben von ungeborenen Kindern. An einigen Theorien mag etwas Wahres dran sein.

Du kanntest diese Welt noch nicht, in der wir leben. Aber du hattest schon immer einen unbändigen Lebenswillen. Du wolltest in diese Welt hineingeboren werden, das spürte ich ganz deutlich.

Ich wusste, dass Gott dort einen Platz für dich geschaffen hatte.

Auch wenn viele Leute der Ansicht sind:

„Du liebe Zeit! In diese Welt kann man doch keine Kinder setzen!"

Aber warum denn nicht? Warum müssen Kinder abgetrieben wer-den? Warum können sie nicht selbst entscheiden, ob sie leben wollen oder nicht?

„Soll man in diese Welt überhaupt noch Kinder setzen? In diese Zeit voller Oberflächlichkeit, Kriege, Hungersnöte, Herzinfarkte und Hektik?" So dachten beispielsweise Bekannte von mir – ein Ehepaar, das eine Patenschaft für ein Tier im Frankfurter Zoo übernommen hatte. Das sei nützlicher, als ein Kind in die Welt zu setzen. Und ein Kind hinderte die beiden auch am Reisen. Sie liebten Fernreisen, hatten schon viele Länder gesehen. Zum Beispiel Kanada, die USA, Australien, Neuseeland, Indien und China. Ich war auch schon viel gereist, aber ich hatte vor, mich auf ein Kind einzulassen. Und – wer sagte denn, dass ich nie wieder reisen würde? Aufgeschoben war nicht aufgehoben!

Hörtest du mich also? Welche Gedanken machtest du dir über uns Menschen?

Viele denken, in dieser Welt sei es fünf vor zwölf. Ja, diese Welt ist wirklich verrückt – Katastrophen, Kriege, Mord und Totschlag! Aber solltest deswegen du nicht geboren werden? Gott allein entscheidet über Leben und Tod. Der lebendige Gott, an den ich glaubte. Der lebendige Gott, der allen, die an ihn glauben, ewiges Leben verheißt.

Aber viele Leute sehen keine Hoffnung mehr, sie glauben nicht an Gott, sie glauben höchstens noch, dass sie im nächsten Leben als Gänseblümchen oder Legehenne wiedergeboren werden. „Reinkarnation" nennt man das. Was für ein Schwachsinn! Und dann wollen diese „Reinkarnationsgläubigen" wieder die Mühsal eines ganzen Lebens durchlaufen – nein!

Ich war optimistisch – und wollte in diese Welt ein Kind setzen! Und deswegen ließ ich mich auf die Schwangerschaft mit dir ein. Deswegen nahm ich all die Unpässlichkeiten in Kauf, die eine Schwangerschaft bot. Man muss bei allen Vorhaben das Ergebnis sehen – und ich sah dich vor meinem inneren

Auge. Ein strampelndes, hübsches, lachendes Baby. Deswegen nahm ich die Mühen auf mich, deswegen ließ ich es zu, dass sich mein Leben änderte.

Wirst auch du jemals deine Existenz begreifen? Den Sinn deines Lebens?

3. Kapitel: Hauptsache, du bist gesund!

Lieber Peter,

weißt du, wie es ist, wenn man sich nach vielen Jahren Single-Dasein für eine Ehe entscheidet? Für das Zusammenleben mit einem Partner, für ein geordneteres Zusammenleben, als ich es bis dahin kannte? Eine Umstellung ist es, ja, aber ich wollte mich darauf einlassen. Ich liebte deinen Vater über alles, ich war auch nie abgeneigt gegen Kinder, warum sollte ich keine haben?

Ich lebte beinahe zehn Jahre in Mirandabach. Ich war einst die typische Single-Frau. Eine Frau, von der man nie glaubte, dass sie einmal heiraten würde. Eine Frau, von der man nie glaubte, dass sie einmal Kinder bekommen würde. Aber nun war es soweit, und ich war gewillt, mein Geheimnis so lange wie möglich für mich zu behalten.

Als ich wusste, dass ich schwanger war, hoffte ich auf eine schöne und möglichst unkomplizierte Zeit. Patrick und ich dachten das, was viele werdenden Eltern denken: „Das Geschlecht unseres Kindes ist uns egal." Aber wir hofften: „Hauptsache, unser Kind ist gesund!"

Du fühltest dich wohl in meinem Bauch. Obwohl es dunkel war. Zumindest bestätigte mir das mein Frauenarzt. „Alles in Ordnung!" meinte er immer. Und: „Sie können tun und lassen, was Sie wollen". Ich konnte dir am Anfang deines Daseins nichts anderes als Dunkelheit bieten – und eine ausgewogene Ernährung. Du kanntest ja nichts anderes als diese Dunkelheit. Deine Augen würden sich noch entwickeln. Bisher bekamst du alles Notwendige aus der Nabelschnur. Du bekamst das zu essen, was ich aß.

Ich vertrug auf einmal keinen Kaffee mehr. Und so wollte ich das Opfer bringen und keinen Kaffee während der Schwangerschaft trinken. Damit es dir und mir gut ginge.

Ich wollte ein gesundes Kind zur Welt bringen. Aber wer will das nicht? Die Werbung zeigt uns gesunde, zufriedene Babys, und genau solch ein Kind wollte ich auch. Es sollte die Krönung der Liebe zwischen deinem Vater und mir sein. Natürlich sollen Eltern nicht grundsätzlich pessimistisch sein und ständig an alle möglichen Gefahren denken. Aber sie müssen sich vor Augen halten, dass folgendes geschehen kann:

Die Frau hat soeben entbunden – und da ertönt die erste Nachricht im Kreißsaal: „Es gab leider eine Komplikation...!"

Die frisch gebackenen Eltern fragen den Arzt, versuchen, die Gedanken der Schwestern zu lesen, und glauben dann zu spüren, dass das Krankenhauspersonal nicht alles sagen will.

Irgendwas ist mit dem Kind. Irgendwas ist nicht in Ordnung.

Vielleicht ist das Kind mongoloid? Oder es leidet an einem offenen Rücken? Und was bedeutet ein mongoloides Kind? Vielleicht ein junger Mensch, der nie selbst seinen Lebensunterhalt verdienen kann und ständig von den Eltern abhängig ist. Ein Mensch, der vor sich hinsabbert und herumgrölt – unverständlich. Blicke von empörten Leuten auf der Straße und dann ein mitleidiges Lächeln nach dem Motto: „Ach – ist das Ihr Kind? Sie Ärmste!"

Andererseits: jedes Wesen ist ein Geschöpf Gottes. Sollte man die Kinder nicht so nehmen, wie Gott sie einem gibt? Und wenn ein Kind mongoloid sein sollte, wird Gott genug Kraft schenken, das durchzustehen.

In der Theorie hört sich alles recht einfach an. War es wirklich in der Praxis ebenso?

Ich war bereits 37 Jahre alt, ich war zum ersten Mal schwanger und gehörte somit zu den Spät-Gebärenden. Da schwebte ein gewisses Risiko wie ein Damoklesschwert über mir: vielleicht könntest du, mein liebes Kind, mongoloid sein! Wollte ich mir mit einem solchen Kind die Freude am Leben nehmen lassen? Wollte ich wegen eines solchen Kindes meinen Job aufgeben? War ich stark genug, alle Nachteile zu verkraften, die ein mongoloides Kind mit sich bringt?

Ich war schon immer gegen Abtreibung gewesen, aber auf einmal ließ ich mich verunsichern. Ich steckte im Zwiespalt, denn ich liebte meinen Job. Mein Frauenarzt drängte mich während jeder Untersuchung, von der 10. bis zur 14. Schwangerschaftswoche in einer Klinik eine Fruchtwasseruntersuchung vornehmen zu lassen. Dabei sticht ein Arzt mit einer dünnen Nadel durch die Bauchdecke in die Fruchtblase und entnimmt 10 Milliliter Fruchtwasser. So kann man erkennen, ob ein Kind einmal mongoloid sein wird oder einen offenen Rücken hat.

„Sie haben keinerlei Risiko während der Fruchtwasseruntersuchung", meinte Dr. Obermann, der Frauenarzt, der mich betreute, am 8. Januar 1999, dem zweiten Untersuchungstermin. „Ich schicke Sie in eine Klinik, in der man sehr gute Erfahrungen auf diesem Gebiet vorzuweisen hat."

Ich fühlte mich elend. Ich war hin- und hergerissen, während ich auf die Waage stieg, damit eine Arzthelferin diese Daten in meinen brandneuen Mutterpass aufnehmen konnte. Ich war hin- und hergerissen, als diese Arzthelferin vergeblich versuchte, Blut aus meinem rechten Arm zu entnehmen. Die Vene rollte sich zusammen, und ich litt Schmerzen. Und immer noch stand die Frage im Raum: Fruchtwasseruntersuchung – ja oder nein?

Eine harmlosere Variante zur Früherkennung von Mongolismus und offenem Rücken ist die Chorionzottenbiopsie. Dabei entnimmt der Arzt mit einer Hohlnadel durch die Scheide oder die Bauchdecke Ge-webe der Chorionzotten.

Wie ein Kranz umgeben diese Zotten die äußere Haut der Fruchtblase. Der Arzt benötigt nur einen winzigen Bruchteil dieser Nährzellen. Aber diese Untersuchung ist nicht so zuverlässig wie die Fruchtwasseruntersuchung.

„Überlegen Sie es sich bis zum nächsten Mal", verabschiedete sich der Frauenarzt von mir. Gedankenverloren schritt ich nach Hause, meine Gedanken schlugen Purzelbäume. Ich wusste nicht: Fruchtwasseruntersuchung – ja oder nein?

Ich fragte Patrick, deinen Vater, und wir überlegten gemeinsam. „Du wirst dich besser fühlen, wenn du die Fruchtwasseruntersuchung hast vornehmen lassen!", meinte Patrick schließlich.

„Warum willst du eine Fruchtwasseruntersuchung machen lassen?", fragte meine Mutter am Telefon. „Bei uns ist noch nie ein mongoloides Kind geboren worden – und in Patricks Familie doch auch nicht! Also besteht bei dir doch kaum ein Risiko!"

Ich nickte, aber ich konnte mich immer noch nicht unbeschwert und sorgenfrei auf dich, mein Kind, freuen. Welche schwerwiegenden Entscheidungen man in einer Schwangerschaft treffen muss, merkt man erst dann, wenn man schwanger ist!

Ich fragte meine Schwester Astrid, die in einem Krankenhaus arbeitete. Zuerst riet diese von einer Fruchtwasseruntersuchung ab. Nachdem sie jedoch diverse Ärzte gefragt hatte, riet sie doch zu einer Fruchtwasseruntersuchung:

„Weißt du, 35 Prozent aller mongoloiden Kinder werden von Frauen ab 35 Jahren geboren. Das sind Frauen, die keine Fruchtwasseruntersuchung vornehmen ließen. Die restlichen 65 Prozent gebären gesunde Kinder – so wie die meisten Frauen, die jünger als 35 Jahre alt sind. Ihnen wird die Fruchtwasseruntersuchung noch nicht von der Krankenkasse bezahlt – also lassen sie diese nicht vornehmen!"

Anschließend besorgte Astrid für mich einen Termin zur Fruchtwasseruntersuchung am 23. Februar 1999. Das Krankenhaus, in dem Astrid arbeitete, nahm tatsächlich Fruchtwasseruntersuchungen vor – mit gutem Erfolg! Am besten in der 15. oder 16. Schwangerschaftswoche – diese Zeit sah man für das Kind am ungefährlichsten an.

Ehrlich gesagt: ich fürchtete mich vor dem Stich in die Bauchdecke. Tat das nicht tierisch weh? Wurde man vorher eigentlich betäubt? Und wie sah es mit dir aus? Würdest du diese Untersuchung unbeschadet überstehen?

Aber ich wollte zu den umsichtigen Schwangeren gehören. Den Schwangeren, die mehr tun, als nur die notwendigsten Untersuchungen vornehmen zu lassen. Und dein Vater wollte mir keine medizinischen Ratschläge erteilen. Er war kein Arzt – er war Elektroniker, der schon seit einigen Jahren Regler reparierte.

Mir blieb nichts anderes übrig, als meinem Frauenarzt zu vertrauen. Er riet nicht nur zu dieser Untersuchung – er drängte mich dazu.

4. Kapitel: Eine Vorsichtsmaßnahme: Die Fruchtwasseruntersuchung

Ich hatte mich zur Fruchtwasseruntersuchung hinreißen lassen und befand mich immer wieder in einem Gewissenskonflikt. War es richtig, was ich da tat? „Kein Problem", hörte ich immer noch die beruhigende Stimme meines Frauenarztes Dr. Obermann, es gäbe unterdessen kaum Abgänge nach einem solchen Eingriff, es handle sich dabei um eine Routineuntersuchung.

Dennoch quälte mich die Angst. Ich freute mich, wenn alles endlich überstanden war.

Meine anfängliche Schwangerschaftsübelkeit nahm allmählich ab. Von der 12. bis 14. Woche durchlebte ich Perioden von zwei bis drei Tagen, während derer mir gar nicht schlecht war. Anschließend kroch die Übelkeit wieder in mir hoch, und das positive Gefühl, dass sich mein Körper endlich an die Schwangerschaft gewöhnt habe, war wie weggeblasen.

Am 22. Februar, abends, reiste ich in die Großstadt, in der Astrid lebte und arbeitete. Mit gemischten Gefühlen. „Morgen um diese Zeit wird alles vorbei sein", schoss es mir durch den Kopf, während ich versuchte, mich auf das heitere Buch aus Dänemark „Meerjungfrau sucht Mann fürs Leben" zu konzentrieren. Eine nette Lektüre, kurzweilig. Ein Buch, das versuchte, mir meine „Mutterschaft" ein bisschen schmackhaft zu machen.

Astrid holte mich vom Bahnhof ab. Mit der Stadtbahn fuhren wir in die Nähe des Krankenhauses, wo Astrid arbeitete und in dessen Schwesterntrakt sie ein hübsches Einzimmerappartement gemietet hatte. Wir aßen und unterhielten uns den ganzen Abend. Später duschte ich mich. Als nachträgliches Geburtstagsgeschenk überreichte mir Astrid ein Buch mit Vornamen und deren Bedeutung. Wir gingen einige Vornamen durch und machten eine „Hit-Namensliste". Patrick meldete sich noch telefonisch und erkundigte sich, wie es mir ginge. Wir plauderten ein Weilchen.

Auf dem Buch mit den Vornamen war ein fröhliches, strampelndes Baby abgebildet. Ich ertappte mich, dass mir das Baby auf diesem Titelbild außerordentlich gefiel. Ein gesundes pausbackiges Baby — wie gerne wollte auch ich solch ein Baby eines Tages in den Händen halten dürfen.

Und so wurde es erst Mitternacht, als wir das Licht löschten. Nach zwei Telefongesprächen zwischen Astrid und ihrem Gatten Oliver, der die Woche über in einer anderen Stadt lebte und arbeitete. Sie sagten sich lange und ausgiebig „gute Nacht" (was für ein Glück, dass es schon damals die günstigen Vorwahlnummern gab).

Am nächsten Tag klingelten mindestens drei Wecker in verschiedenen Ecken, bevor Astrid und ich uns aus dem Bett bewegten. Astrid stellte sich immer so viele Wecker, um auch ja nicht zu verschlafen. Sie hatte auf einer Matratze am Boden geruht und mir ihr Bett überlassen. Wir frühstückten, ich rannte vier Male aufs Klo, weil ich Durchfall hatte. War er durch Aufregung verursacht? Ich verspürte keine, aber mein Darm rebellierte.

Gegen halb acht nahm ich Platz in der Warteecke der Frauenklinik. Eine Dame in Weiß fragte die wartenden Patientinnen, warum sie da seien. Viele Damen aller Altersgruppen schienen wohl eine Spiegelung vor sich zu haben - ihnen wurden die gleichen Fragen gestellt: ‚Haben Sie heute Morgen nichts getrunken, nichts gegessen, nicht geraucht, keinen Kaugummi gekaut?' Sie bejahten alle, wurden mit weißen

Operations-Kitteln ausgestattet und füllten emsig irgendein Formular aus. Ich dagegen wurde angewiesen zu warten, bis die Damen an der Anmeldung hinter dem Glasfenster ihre Arbeit aufnahmen.

Um Punkt acht Uhr wurde das Fenster geöffnet, ich überreichte den Damen hinter dem Anmeldungs-Schalter meinen Mutterpass und erhielt einen Zettel, den ich ausfüllen musste. Eine Karteikarte wurde angelegt. In Ruhe sollte ich mir jetzt ein Merkblatt über die Fruchtwasseruntersuchung durchlesen. Das tat ich, bis ich aufgerufen wurde. Über so manchen Gang schritt ich bis zu einer Sitzgruppe mit blauen Stühlen. Dort war keine Menschenseele zu erblicken. Eine Schwester öffnete die Türe, setzte sich zu mir, fragte nach meinem und Patricks Alter und wollte wissen, ob ich auch wissen wollte, ob du ein Junge oder ein Mädchen bist.

Ich nickte eifrig: „Ja, klar - wenn ich schon diese Untersuchung auf mich nehme!"

„Warum lassen Sie diese Untersuchung vornehmen?", fragte die Schwester weiter.

Aus Altersgründen, notierte sie dann, denn weder in Patricks noch in meiner Familie gab es mongoloide Kinder und auch keine Kinder mit „offenem Rücken".

Die Schwester schickte mich auf die Toilette mit den Worten:

„Sie sollten sich wirklich vollständig entleeren! Und dann warten Sie hier bitte!"

Ich rannte auf die Toilette und tat, wie mir geheißen. Danach wartete ich wieder in diesem stillen Gang, bis ich aufgerufen wurde, und schritt in ein

Untersuchungszimmer. Ein moderner Raum mit weiß getünchten Wänden, einer Liege und einem Ultraschallgerät empfingen mich. Ein junger Arzt nahm mir den wirklich sehr informativen Zettel über die Fruchtwasseruntersuchung ab, auf dem ich hinten meine Einverständniserklärung abgegeben hatte (Ich bedauerte, dass ich keine Kopie dieses Formulars für meine Unterlagen ausgehändigt bekam! Ich hätte diesen Zettel gerne deinem Vater gezeigt.). Darin stand, die Untersuchung werde ohne örtliche Betäubung durchgeführt. Ein grausamer Gedanke - jemand sticht in den Bauch, einfach so. Jemand schreckt damit dich, mein Kind, auf, während du sicherlich ruhig umher schwammst. Ich würde diese Untersuchung überleben. Ich hoffte, du auch.

„Es gibt pro 150 bis 200 Untersuchungen einen Abgang", erklärte mir der Arzt. „Wobei nicht immer feststellbar ist, ob diese Kinder wegen der Untersuchung ‚abgehen' oder sowieso gestorben wären, weil sie nicht in Ordnung waren."

Diese einleitenden Worte beruhigten mich ein wenig. Diese Leute wussten, was sie taten, sie hatten viel Erfahrung. Mit klopfendem Herzen ging ich in eine Kabine und zog meinen Unterkörper aus, legte meine Unterwäsche sorgsam auf einen dafür vorgesehenen Stuhl. Anschließend ging ich wieder in das Untersuchungszimmer. Dort legte ich mich auf die Liege. Alles war wie beim Frauenarzt. Ich blickte auf das Ultraschallgerät, das der junge Arzt rechts neben mir bediente.

Der Bildschirm hing über unseren Köpfen, und ich konnte alles sehr gut verfolgen. Links neben mir tippte eine Schwester am Computer. Sie schrieb das auf, was der Arzt ihr diktierte.

„Wir schauen erst einmal, ob Sie genug Fruchtwasser haben", meinte er zu mir. „Wenn nicht genug Fruchtwasser da ist, können wir diese Untersuchung nicht durchführen!"

Ich atmete auf. Diese Ärzte verstanden ihr Handwerk! Der Arzt bestrich meinen Bauch mit einer durchsichtigen, glitschigen Paste. Dann fuhr er mit einer Art „Metallfühler" auf der Bauchdecke herum. Er suchte dich und fand dich. Du erschienst auf dem Bildschirm – ein kleines Baby, noch nicht lebensfähig, noch abhängig von mir. Munter schwammst du hin und her, der Arzt, die Schwester und ich sahen den Kopf, die Wirbelsäule. Faszinierend! Ein kleiner Mensch, der sich offensichtlich wohlfühlte. Plötzlich tatest du mir Leid. Ich würde dein friedliches Umherschwimmen durch die Fruchtwasseruntersuchung durcheinanderbringen lassen.

Genau wurdest du gemessen. War dein Kopfumfang normal, der Körper, die Beine, die Länge des Körpers? Interessant, was die Ärzte in diesem Stadium einer Schwangerschaft bereits feststellen konnten!

Ruhig strich der Arzt mit dem Metallstab auf meinem Unterbauch herum. Konzentriert starrte er während der gesamten Prozedur auf seinen Bildschirm. Ich konnte auf einem Monitor direkt über mir verfolgen, wie mein Unterbauch von innen aussah. Die ganze Szenerie erinnerte mich an „Raumschiff Enterprise" oder „Star Trek", unendliche Weiten im All, eine Schwarz-Weiß-Szene. Auf einem schwarzen

Hintergrund hoben sich weiße Umrisse ab. Weiß wie Wolken schimmerte das Innere meiner Fruchtblase, in der sich eine weiße Gestalt bewegte. Offensichtlich ein werdender Mensch mit einem Kopf und einer kleinen Wirbelsäule. Ein kleiner Mensch von hinten. Du warst es! Wie ein kleiner Astronaut im All.

Ein Junge oder ein Mädchen? Die Fruchtwasseruntersuchung würde es zeigen.

„Sie haben genug Fruchtwasser", kommentierte der Arzt. „Und Ihr Baby entwickelt sich normal. Körper- und Kopfgröße liegen im Normbereich, auch das Gewicht. Da Sie sich in der 16. Schwangerschaftswoche befinden, misst Ihr Baby 12 Zentimeter, es wiegt 166 Gramm."

„Interessant", dachte ich. „Ein Wesen wächst in mir heran und hat es immerhin bereits geschafft, es beinahe vier Monate in mir auszuhalten! Faszinierend! Ein Mensch, ein Wunder, entsteht!"

Ich erinnerte mich an den Beginn meiner Schwangerschaft. Zuerst hatte ich kaum etwas gemerkt, nach einigen Wochen jedoch spürte ich auf einmal einen metallischen Geschmack im Mund, der mich mehrmals pro Tag dazu trieb, ausgiebig meine Zähne zu reinigen. Oder auf einmal schnaufte ich wie eine Dampflok, nachdem ich einige Treppenstufen hinaufgestiegen war. Auch an Brustschmerzen, wie manche Frauen sie bei einer Schwangerschaft bekommen, litt ich.

Und im Laufe der Schwangerschaft begann ich die Frauen zu verstehen, die sich ab und zu darüber beklagten, weil ihnen „kotzübel" war. Ebenso ich fühlte mich manchmal „schlecht bis zum Erbrechen".

Und dann konnte ich mich nur auf das Sofa legen und warten, bis dieser Übelkeitsanfall verschwunden war.

Ein von links sich nähernder Arzt im mintfarbenen Anzug und mit steril reinen Gummihandschuhen riss mich aus meinen Gedanken. „Guten Tag", murmelte der „Grüne", ohne mir die Hand zu schütteln, und blieb links neben der Liege stehen. Ich mutmaßte, dieser Grünbekleidete werde die Fruchtwasserprobe entnehmen, und mir wurde etwas flau im Magen. Ich konnte mir nicht helfen, selbst während einer Routineuntersuchung beim Zahnarzt fühlte ich eine gewisse Angst, auch wenn diese oft unbegründet war.

Aber hier stand ich vor einem Eingriff, der mir absolut fremd war, über den ich bisher nur in Büchern und Broschüren gelesen hatte.

„Fangen wir an", meinte der „grüne Arzt" schon etwas forscher, und eine blondhaarige Schwester rasierte mir mit einer Rasierklinge etliche Haare in der Nähe des Schambereiches ab.

„Die wachsen wieder nach!", meinte sie beruhigend, als ich sie irritiert ansah. „Wir machen das nur, damit wirklich ALLES steril ist. Die Haare können Keimträger sein und eine Infektion verursachen, die Ihnen oder Ihrem Baby schaden kann."

Ich ließ alles über mich ergehen. Nun saß ich schon in diesem Boot, nun hatte ich „A" gesagt und musste auch „B" sagen. Die Ärzte wussten sicher, was sie da taten. Die Untersuchung war schon bei Tausenden von Frauen komplikationslos vollzogen worden - warum nicht auch bei mir? Ich hatte angefangen, diese „bad idea" mit der Fruchtwasseruntersuchung in die Tat umzusetzen, und nun musste ich diese auch durchstehen.

Die Schwester hatte die glitschige, zähflüssige Masse von meinem Unterbauch mit einem Küchentuch entfernt und goss mir stattdessen etliche Spritzer reinen Alkohols auf die Haut. Desinfektion musste sein, und die Klinik wollte ihre Aufgabe doppelt gut erledigen. Dann reichte die Schwester dem „grünen Arzt" eine Spritze, ein Gerät mit einer ekelhaft langen und dünnen Nadel. Der Arzt sah auf das Ultraschallbild, erblickte dich - ein munter umher flitzendes Baby in der Fruchtblase - und stach hinein. Ich sah nicht hin, ich fühlte nur ein Piksen, wie ein Insektenstich, dann ein Ziehen wie bei einer Blutabnahme. Ich schnaufte tief ein und konnte immer noch nicht hinsehen. 10 Milliliter Fruchtwasser würden die Ärzte untersuchen. Fruchtwasser, von dem es abhängen konnte, ob du geboren oder vielleicht abgetrieben werden würdest. Aber ich hoffte und wünschte mir, dass du gesund warst und ich nicht in diesen Gewissenskonflikt käme.

Der „grüne Arzt" verschwand zufrieden mit der Spritze in Richtung Labor, und man forderte mich auf, mich wieder völlig anzukleiden und im Nebenraum noch circa eine Stunde zu ruhen. Arbeiten könne ich heute nicht mehr, sagte man mir, auch keine sonstigen großen Anstrengungen auf mich nehmen. Das Ergebnis der Untersuchung würde ich in zwei bis drei Wochen erhalten.

Ich legte mich in ein Nebenzimmer und fühlte mich müde und ausgelaugt. Ich las weiter in dem lustigen Buch, um mich abzulenken. Die Hauptdarstellerin in diesem Buch erwartete schließlich auch ein Baby. So hatten die Hauptdarstellerin und ich immerhin etwas gemeinsam.

Kurz vor zwölf Uhr holte mich Astrid ab, und wir schritten gemeinsam in die Kantine. Ich fühlte mich noch etwas wackelig auf den Beinen, war aber bereit, diesen Tag mit Würde und Anstand zu überstehen. Astrid und ich reihten uns in die Schlange des Klinikpersonals, das um Essen anstand, ein. Es gab (fast) alles, was das Herz begehrte. Astrid lud mich zum Essen ein. Anschließend kehrte sie zu ihrer Arbeit zurück, und ich ruhte mich in ihrem Bett aus.

Kurz vor 18 Uhr fuhr ich in einem völlig überfüllten Zug nach Mirandabach zurück. Ich fand nur einen Sitzplatz auf dem Gang. Am liebsten hätte ich eine der Abteiltüren aufgerissen und den erstaunten Leuten zugerufen: „Hallo – haben Sie keinen Platz für mich frei? Ich habe einen operativen Eingriff hinter mir und sollte bequem sitzen..." Aber soweit reichte meine Zivilcourage doch nicht, und so blieb ich brav auf dem Gang sitzen.

Gegen halb acht Uhr abends fuhr der Zug in den kleinen Bahnhof ein. Patrick stand schon am Bahngleis. Umsichtig, wie er war, hatte er bei Astrid angerufen und herausgefunden, mit welchem Zug ich ankommen würde. Er begleitete mich nach Hause – oder dahin, was ich bis dato mein „Zuhause" nannte: eine unaufgeräumte, vollgestopfte Zweizimmerwohnung im Herzen Mirandabachs.

Doch an diesem Abend stand mir nicht mehr der Sinn, mich um das unaufgeräumte Appartement zu kümmern und Ordnung zu schaffen – ich fiel in mein Bett und schlief sofort ein.

Am nächsten Tag um acht Uhr ging ich zu einer Kontrolluntersuchung zu Dr. Obermann, „meinem" Frauenarzt. Auf dem Ultraschallbild sah meine Fruchtblase aus wie von Nebelschwaden eingehüllt – und dich konnte man hinter all dem Nebel nur erahnen! Wieder tatest du, der „kleine Astronaut", mir Leid, auch wenn mir Dr. Obermann versicherte:

„Es ist alles in Ordnung! Sie sehen – es fehlt Fruchtwasser, aber das wird nachgebildet! In einer Woche machen wir nochmals einen Ultraschall!"

Ja – es fehlte Fruchtwasser. Meine benebelte Fruchtblase erinnerte mich an eine Saftflasche, die einmal voll war und aus der man ein wenig Wasser heraus gegossen hatte. Und du, mein Kind, warst dadurch tatsächlich nicht irritiert worden?

Ich atmete tief durch und wusste nicht, ob ich mich glücklich schätzen sollte, dass ich die Untersuchung hinter mich gebracht hatte. Hoffentlich würdest du den Fruchtwasserverlust verkraften!

Das Ultraschallbild genau eine Woche später zeigte tatsächlich: das Fruchtwasser hatte sich problemlos nachgebildet. In knapp zwei Wochen würde ich das Ergebnis der Fruchtwasseruntersuchung erhalten.

Bei einem jedoch zickte Dr. Obermann herum: er wollte mir für den Tag der Fruchtwasseruntersuchung keine Krankschreibung ausstellen! Denn das Krankenhaus, in dem die Untersuchung durchgeführt wurde, durfte das nicht tun. Zum Glück konnte ich mit meinen Vorgesetzten reden – und sie rechneten mir den Tag als Krankheitstag an.

5. Kapitel: Fruchtwasseruntersuchung – ja oder nein?

Später las ich einige Zeitschriftenartikel, von Fachärzten verfasst, über die Fruchtwasseruntersuchung. So wie ich wurden und werden sicherlich viele Schwangere von der Frage überrollt werden: „Soll ich eine Fruchtwasseruntersuchung vornehmen lassen oder nicht?"

Sicher – die Vorteile liegen auf der Hand: Klarheit darüber zu haben, ob das Kind mongoloid sein wird oder nicht. Ob es einen offenen Rücken haben wird oder nicht.

Unterdessen sind aber etliche Stimmen laut geworden, die vor der Fruchtwasseruntersuchung warnen. Die Patientinnen werden zu oft dazu überredet. Damit die Labors ausgelastet sind? Vielleicht.

Es sind Fälle bekannt, in denen die Fruchtwasseruntersuchung ein falsches Ergebnis zu Tage förderte. Die fatale Folge: gesunde Babys wurden abgetrieben!

Die Ärzte überreden schwangere Frauen ab 35 Jahren oft zu schnell zu derartigen Untersuchungen. Aber sie lassen die Frauen alleine mit der Frage: „Wenn die Fruchtwasseruntersuchung zeigt, dass mein Kind mongoloid ist – was tue ich dann?"

Hier bräuchte man mehr Psychologen. Oder mehr psychologische Beratung durch die Ärzte. Diese aber haben keine Zeit. Und die Krankenkassen bezahlen solche Beratungen nicht.

Ob eine Frau nach dem Ergebnis der Fruchtwasseruntersuchung abtreiben will oder nicht – diese Entscheidung muss sie alleine treffen. Und es ist eine schwere Entscheidung.

Denn das Wesen, das abgetrieben wird, ist von Anfang an ein Mensch. Ein lebendes Wesen. Ein Wesen, das auch ein Recht hat, geboren zu werden.

Und leider birgt die Fruchtwasseruntersuchungen mehr Risiken, als die Ärzte gegenüber ihren Patientinnen zugeben wollen. Nicht selten kommt es zu Fehlgeburten nach Fruchtwasseruntersuchungen. Das Risiko ist weit höher, als die Ärzte ihren Patientinnen gegenüber eingestehen.

Eines jedoch hat ein Fachmann mir gegenüber besonders deutlich klargemacht: „Es ist möglich, dass eine Fruchtwasseruntersuchung eine Fehlgeburt verursacht – aber keine Frühgeburt!"

Ja, ich kam in diesen Gewissenskonflikt, als ich mit dir schwanger war. Aber ich würde heute keine Fruchtwasseruntersuchung mehr vornehmen lassen, auch wenn die Ärzte, die sie durchführten, ihre Arbeit gut machten. Ich bin unsicher geworden. Vielleicht hätte ich dir dieses Erlebnis ersparen sollen.

6. Kapitel: Klatschmohn – Teil 1

Mein lieber Peter,

eine werdende Mutter denkt viel nach während einer Schwangerschaft. Nicht nur darüber, wie sich das Leben in Zukunft ändern wird. Sondern auch darüber, was man jetzt, hier und heute – während man schwanger ist – Gutes tun kann, für das ungeborene Kind und für sich selbst. Sollte ich noch zusätzlich Vitamine einnehmen? Ich fragte Dr. Obermann. Er winkte ab und verschrieb mir Eisentabletten, die ich ohne Zuzahlung in der Apotheke bekam. Außerdem riet er zu Vitamin-B6-Tabletten, aber diese musste ich selbst bezahlen, er durfte sie mir nicht verschreiben. Ich wollte alles richtig machen und besorgte mir auch diese Tabletten.

Wie sah es aus mit Magnesium- oder Calciumtabletten? Bekam ein Kind stabilere Knochen, wenn die schwangere Mutter Calcium einnahm? Dr. Obermann wehrte entschieden ab: „Das ist alles reiner Aberglaube! Sie brauchen nicht noch zusätzlich Calcium einzunehmen!"

Also nahm ich das, was er verschrieben und vorgeschlagen hatte. Ich wollte alles richtig machen, ich wollte einem gesunden Kind das Leben schenken.

Ebenso machte ich mir während meiner Schwangerschaft viele Gedanken über Dinge, über die ich vorher nicht nachgedacht hatte. Wer aus meinem Bekanntenkreis war vertrauenswürdig? Wer konnte gut mit der Information über meine Schwangerschaft umgehen? Ich wusste: Wenn einmal die Kollegen von meiner Schwangerschaft erfuhren, würden einige sicherlich dumme Bemerkungen loslassen. Aber das war normal in jeder Firma. Ich konnte die meisten meiner Kolleginnen und Kolleginnen gut leiden, ich war schlagfertig und konnte gut „Contra" geben.

Meinen Freunden, mit denen ich Briefkontakt hatte, wollte ich im Juni über meine Schwangerschaft Bescheid sagen. Dann, wenn ich im Mutterschutz sein würde.

Meine Schwangerschaft versüßte ich mir mit lustigen Büchern. Ich las „Bumps!" von Zoe Barnes, ich amüsierte mich über „Wassermelone" von Marian Keyes und über „Die Zauberfrau" von Hera Lind. Sehr gute lustige Bücher, die eine Schwangerschaft erträglicher machen konnten. Bücher, die einer werdenden Mutter ein Lächeln auf die Lippen zauberten oder sie sogar zu Lachstürmen hinrissen.

Gute Gespräche, gute Gedanken waren auch gut für das werdende Leben in mir. Wissenschaftler, Ärzte und Psychologen hatten das bereits schon festgestellt und einige Bücher darüber verfasst. Ich hatte von diesen Erkenntnissen und Büchern gehört. Sollte ich darum weiterhin diesen Mist besuchen, der sich fälschlicherweise „Hausbibelkreis" nannte? Dein Vater und ich gingen jeden zweiten Samstagabend dorthin.

Wir besuchten diese Gruppe, in der Dorftratsch gehegt und gepflegt wurde, erst sieben Monate. Eulalia, eine Bekannte, hatte uns diese Gruppe vorgeschlagen. Wir waren arglos, wir suchten nur einen Hausbibelkreis in der Nähe von Aliceberg, wir suchten keinen Tratsch- und Lästerkreis, wir suchten keine keine Sekte.

Denn so, wie es in der katholischen Kirche einige Fälle von Missbrauch gibt, wie sie erst 2010 ans Tageslicht kamen, so gibt es „evangelische Hauskreise", die Informationen über andere Personen stehlen und missbrauchen. Und solch eine Gruppe besuchten wir leider auch.

Hätte ich das vorher gewusst, hätte ich diese Gruppe nie besucht. Aber man log mich an, man sagte mir, es handle sich um einen Hausbibelkreis. Und ich glaubte, ich vertraute, ich war so arglos. Dabei zog diese Dorftratsch-Gruppe Angelegenheiten anderer Leute während deren Abwesenheit durch den Schmutz! Und solch eine Gruppe besaß die Unverfrorenheit, sich „Hausbibelkreis" zu nennen! Nichts, aber auch gar nichts war dieser Gruppe in Aliceberg heilig. Am allerwenigsten die Angelegenheiten anderer Leute, die man bis Mitternacht oder noch länger gnadenlos missbrauchte. Diese Menschen vertraten doch tatsächlich die Ansicht, dass der Mensch verabscheuungswürdig sei. Demzufolge war es also richtig, Angelegenheiten anderer Leute in den Schmutz zu ziehen, es war richtig, Geheimnisse auszuplaudern und darüber zu lästern, zu spotten und zu lachen – also ihrer menschlichen Würde zu berauben. Das alles war – nach Meinung dieser Gruppe - richtig.

Ehrlich, ich hatte von solchen Hausbibelkreisen der Staatskirchen mehr Frömmigkeit, mehr Respekt vor anderen Menschen erwartet. Aber kein Wunder: diese Gruppe hatte keine Beziehung zu Gott, sonst hätte sie uns davon erzählt. Die Bezeichnung „Hausbibelkreis" wählte man nur, um üblen Machenschaften zu frönen, um Informationen über andere zu stehlen und hinter deren Rücken zu missbrauchen, indem man über alles tratschte, was nicht „niet- und nagelfest" war!

Denn wer in der evangelischen Kirche überprüfte schon Hausbibelkreise? Irgendwie dachte jeder an christliche, ehrliche, aufrichtige, ja, vielleicht auch „zu fromme" Gruppen, wenn man die Bezeichnung „Hausbibelkreis" hörte. Was aber in vielen Kreisen tatsächlich „abgeht", danach schaut niemand!

Ihre Gesprächsthemen für ihre Treffen entlockten die Mitglieder dieser Gruppe ahnungslosen Personen aus ihrer Umgebung, ihrem Arbeitsleben und ihrem sonstigen Bekanntenkreis, denen gegenüber man in eine fromme, seelsorgerliche Rolle schlüpfte und sie anlog, man werde für sie beten. So erzählten andere Personen den Mitgliedern dieser Dorftratsch-Gruppe ihre Geheimnisse und manchmal auch die von anderen Menschen, weil man diesen Worten Glauben schenkte. Gebetet wurde allerdings nie. Schriftlich formulierte Gebetsanliegen zerrissen die Tratschgruppen-Leiter rigoros während ihrer Treffen, denn Gebetsanliegen raubten doch Zeit, die man „viel sinnvoller" für Verleumdungen und Lästereien über andere Menschen „nutzen" wollte.

Es ist und war für viele Gruppen, die sich „evangelische Hauskreise" nennen, schon immer viel interessanter, über das Unglück und die Angelegenheiten anderer Schadenfreude zu verbreiten, über ihre Geheimnisse zu lästern und Personen zu verleumden und somit das Vertrauen anderer Menschen zu missbrauchen. In der Bibel steht „Liebe deinen Nächsten wie dich selbst" und „Du sollst nicht falsch Zeugnis reden wider deinen Nächsten" – aber diese Bibelstellen wollte dieser Tratschkreis nicht kennen.

Ja, warum besuchte ich eigentlich diese Treffen? Ich war neu in diesem Wohnort, meine Ehe mit Patrick war noch frisch, für uns hing der Himmel voller Geigen. Und so war ich blind für manche Dinge. Irgendwie glaubte ich damals noch an das Gute im Menschen, ich glaubte, dieser „Hausbibelkreis" werde sich bessern. Aber je mehr Treffen Patrick und ich besuchten, desto unsäglicher wurden die Gespräche, desto garstiger die Lästereien. Dorftratsch „at its best!" Patrick versuchte immer, mich zu beschwichtigen, wenn ich mich beschwerte:

„Das sind evangelische Leute. Von denen kannst du keinen besseren Hausbibelkreis erwarten!"

Ja, wirklich? Ich bezweifelte diese Ansicht, denn ich erinnerte mich an einen CVJM-Bibelkreis in Mittelfranken, den ich vor Jahren besucht hatte. Das war wirklich ein Hausbibelkreis gewesen, eine geistliche Heimat, in der man viel über den Glauben und über die Bibel erfahren konnte. Ein Ort, in dem menschenwürdig über andere Leute gesprochen und für sie gebetet wurde.

Patrick benahm sich wie ein Blinder. Aber ich hatte auch davon gehört, dass viele Hausbibelkreise zu Brutstätten für Klatsch und Verleumdungen werden und sich so bewusst von der Bibel und der christlichen Lehre abwenden. Sie verwandeln sich ins Gegenteil, huldigen dem Dorftratsch und haben somit ihre eigentliche Absicht, Fragen zur Bibel zu beantworten und Leute im Glauben zu bestärken, verlassen. Nun war ich ausgerechnet in eine solche Tratschgruppe geraten!

In einem Hausbibelkreis werden – gemäß dem Motto „Liebe deinen Nächsten wie dich selbst" – neue Mitglieder herzlich aufgenommen und begrüßt. Anschließend stellen sich alle anwesenden Leute vor, damit man sich ein Bild voneinander machen kann. Die Mitglieder einer „Brutstätte für Klatsch, Tratsch und Verleumdung" stellen sich jedoch nicht vor, sie begrüßen neue Teilnehmer an ihren Treffen nicht. Denn es handelt sich ja auch um keinen Hausbibelkreis! Ich fühlte mich nie wohl dort, ich fühlte mich schon immer mulmig – ich wusste: mit diesem Kreis stimmt etwas nicht! Aber ich wollte deinem Vater zuliebe keine Spielverderberin sein. Denn Patrick wollte sich mit diesen Leuten näher anfreunden.

Oh nein, solche Treffen, solche Gespräche waren wirklich nicht gut für Schwangere! Zu dumm für mich, dass Patrick immer so lange dort bleiben wollte, bis sich alle verabschiedeten! Mir gingen diese Lästerungen, diese Verleumdungen schon lange auf die Nerven, ich beteiligte mich nie daran, sitzen konnte ich auch nicht mehr bequem. Eigentlich hätte ich einen Stuhl gebraucht, um meine Beine hochlegen zu können. Aber ich fürchtete mich, eine Bitte auszusprechen, denn ich wollte ja diesen blöden Leuten - von meiner Schwangerschaft nichts sagen. Nur ein Gedanke beseelte mich: Wann würden Patrick und ich endlich nach Hause aufbrechen? Ich wollte gehen, aber wir besaßen nur ein Auto, und der Heimweg zu Fuß war zu weit.

So schaute ich an einem Samstagabend im Februar wieder auf die Uhr. Jeden Samstag, wenn wir dort waren, fanden diese menschenunwürdigen Gespräche wieder kein Ende. Wann nur, wann, würde diese abendliche Lästerei endlich vorbei sein? Warum zog man alle möglichen Leute gnadenlos in den Schmutz? Warum wurde solch ein negatives, antichristliches Menschenbild vermittelt?

Warum wurde dieser „Hausbibelkreis" nie von Pfarrern oder Predigern überprüft? Warum billigte man Treffen, die Hass gegenüber anderen Menschen schürten? Mir gefiel es hier nicht, und ich wollte nach Hause. Warum kapierte mein Mann das nicht?

Hier verletzte man nicht nur die biblischen Grundsätze des Menschenbildes sondern auch den Artikel über die Menschenwürde im Grundgesetz! Nein, hier gehörte ich nicht hin!

Ich konnte mit diesen menschenverachtenden Unterhaltungen nichts anfangen. Ich wartete nur darauf, dass ich endlich mit deinem Vater nach Hause fahren konnte. Eigentlich wollte ich dir, lieber Peter, etwas Schönes bieten: Ruhe, Lesen, gute Musik. Und nicht Lästereien und Verleumdungen über andere Leute. Der Arbeitsalltag war doch schon hart genug. Je weiter meine Schwangerschaft fortschritt, desto schwieriger wurde er. Sollte ich mir also jeden zweiten Samstagabend mit dem Besuch dieser blöden Brutstätte für Klatsch, Tratsch und Verleumdung vermiesen?

Die meisten Leute kannte Patrick schon flüchtig seit Jahren. Das Ehepaar Sünda und Horrolv EHEC, bei denen man sich jeden zweiten Samstagabend traf. . Dann Hermine, die in der pharmazeutischen Branche tätig war. Birgit, die mit Kindern arbeitete. Und zwei Lesben aus dem Nachbarort. Eine davon hieß Agathe, und sie war zu dämlich, um die einfachsten Fragen und garstige Bemerkungen zu verstehen. Dann sagte sie immer „Häääää???" und „Was?".

Ihre Partnerin Mathilde dagegen lachte und kicherte die ganze Zeit darüber. Dann gab es noch Eulalia und Mechthild. Flüchtige Bekannte aus der Region, mit denen Patrick schon im Sandkasten gespielt, die er aber anschließend aus den Augen verloren hatte. Nun waren aus ihnen gestandene Leute geworden. Leute in guten Berufen, Leute in guten Positionen, die sich alle zwei Wochen vergaßen und über andere lästerten und sie verleumdeten, die einfach alle zwei Wochen „die Sau raus ließen...", um ihren niederen Leidenschaften zu frönen - unter dem Decknamen „Hausbibelkreis".

Über sich selbst jedoch zogen diese Leute nie her. Über sich selbst sagten sie nie etwas. Vielleicht, weil auch sie Angst hatten, selbst Opfer dieser abendlichen Lästereien zu werden. Sie entschuldigten sich nie bei den Menschen, deren Informationen sie stahlen und sie sie verleumdeten.

Meine Gedanken drehten sich um dich, der du ruhig in meinem Bauch umher schwammst. Sollte ich dich, mein Kind, weiterhin solch üblen Gesprächen aussetzen, nur weil dein Vater diesen Dorftratsch so sehr mochte und kein Treffen ausließ? Konnte deine Intelligenz durch solche Treffen nicht sogar Schaden nehmen?

Diese blöden Leute würden auf jeden Fall zuallerletzt von meiner Schwangerschaft erfahren, das schwor ich mir! Ich war nicht schwanger geworden, damit man über mich und dich „ablästerte"!

7. Kapitel: Reise in die USA

Mein lieber Peter, mein liebes Kind,

wusstest du, dass ich, deine Mutter, eine leidenschaftliche Globetrotterin bin? Ja, ich reise gerne, wenn ich Zeit und Geld habe. Für im Beruf erfolgreiche Singles, die schon weit gereist sind – aber dann doch den Partner finden, mit dem sie den Rest ihres Lebens verbringen wollen, klingen Aussichten wie „Windelferien in Oberbayern" oder „Mit Babyflasche und Kinderwagen am Bodensee" doch etwas befremdlich. So auch für mich. Ich zählte immerhin schon zu den weit gereisten Globetrottern und konnte deinem Vater Patrick in dieser Beziehung in jeder Hinsicht etwas vormachen.

Wir wussten beide: finanziell würden wir beide als Eltern den Gürtel enger schnallen müssen. Weite Reisen waren für längere Zeit nicht mehr möglich, auch wenn man das Geld dafür aufbringen konnte. Aber war es nicht Quälerei, einen Säugling beispielsweise auf einen über achtstündigen Flug nach New York mitzunehmen?

Patrick selbst wollte schon immer einmal in die USA, das viertgrößte Land der Erde. Nicht nur, weil entfernte Verwandte von ihm dort lebten. Nein, ihn interessierten die Landschaft, die Leute, der Lebensstil.

Auch ich war von dieser Idee begeistert. Ich hatte zwar schon Australien, Neuseeland, Hongkong und Kanada bereist, aber noch nie die USA. Mein Zwischenstopp in Los Angeles (L.A.) auf dem Flug nach Neuseeland im Sommer 1997 zählte dabei nicht.

Denn während dieses Zwischenstopps hatte ich den Flughafen L.A. nicht verlassen.

Also wälzten Patrick und ich im Januar Urlaubskataloge. Angebote gab es genug – günstige Shopping-Reisen nach Toronto oder New York. Patrick war nicht unbedingt begeisterter Anhänger von Einkaufstouren, und so entschieden wir uns für eine einwöchige Busreise „Westen der USA für Einsteiger." Eine Woche war viel zu wenig für die USA, aber weder Patrick noch ich wollten ein Risiko eingehen. Ich hatte gerade meine Schwangerschaftsübelkeit hinter mir und begann, mich wohl zu fühlen. Da wir beide nicht wussten, was noch während meiner Schwangerschaft auf uns zukommen konnte, entschieden wir uns für einen Aufenthalt von höchstens zehn Tagen, inklusive An- und Abreise. Wir erkundigten uns über die geplante Route und lasen alles Wissenswerte darüber, was Schwangere tun oder lassen sollten. Reisen, auch Flugreisen, seien, so sagten die meisten Experten, kein Problem für Schwangere. Auch Dr. Obermann, den ich fragte, ob er etwas gegen eine Reise in die USA einzuwenden hätte, meinte: „Sie können tun und lassen, was Sie wollen!"

Nur im letzten Drittel der Schwangerschaft sollte man nicht mehr fliegen – viele Fluglinien weigerten sich, hochschwangere Damen mitzunehmen. Das Risiko sei einfach zu groß. Aber ich befand mich erst im vierten Monat, also sahen wir kein Problem.

Am 6. März flogen Patrick und ich mit der holländischen Fluglinie KLM ab Stuttgart über Amsterdam nach Los Angeles (L.A.). Ein großer Nachteil war, dass der Flug am Samstagmorgen um sieben Uhr geplant war - jedoch keine Möglichkeit bestand, mit öffentlichen Verkehrsmitteln zum Flughafen zu kommen.

Nach einigem Hin und Her erklärte sich Ewald, Patricks Bruder und dein Onkel, bereit, uns beide hinzufahren.

Die Fluglinie KLM bot einen guten Service - man kümmerte sich um die Leute, servierte immer wieder Wasser und nichtalkoholische Getränke. Viel trinken, das ist besonders auf Langstreckenflügen wichtig. Am Spätnachmittag Ortszeit (L.A. liegt Deutschland in der Zeit um neun Stunden zurück) erreichte unser Flugzeug L.A., und wir waren erst einmal recht müde. Kein Wunder, nach fast zwölf Stunden Flug! Wir hatten eine Busreise mit QUERBEET-Tours* (Name erfunden) gebucht, mussten uns also um die Übernachtungen keine Sorgen machen. Zu kümmern hatten wir uns allerdings um die Mahlzeiten: zum damaligen Zeitpunkt waren in den USA Lebensmittel beinahe doppelt so teuer als in Deutschland, auch für andere Dinge traf das zu. Und noch etwas stellten wir fest: Wer in die USA reist, sollte auch genügend Film- und Fotomaterial mitnehmen – wenn man alle diese Dinge vor Ort kauft, berappt man mindestens dreimal so viel Geld als in Deutschland.

Ein deutscher Reiseleiter kümmerte sich um unsere Reisegruppe – sie bestand aus 54 Leuten aller Altersklassen aus ganz Deutschland. Wir besichtigten im vollklimatisierten Bus erst einmal *Los Angeles (L.A.).* L.A. besitzt wenig Sehenswürdigkeiten – es ist eben eine sehr große Stadt, die zweitgrößte Stadt der USA. Zur Zeit unseres Besuches wäre man dort ohne

Mietauto nicht mobil genug gewesen, hätte man sich länger in L.A. aufgehalten, denn die öffentlichen Verkehrsmittel verkehrten miserabel. Wir fuhren durch Beverly Hills und Hollywood, wo es zum Standard gehört, dass sich alle Leute wohlfühlen – egal, ob es ihnen gut geht oder nicht. Die Amerikaner waren immer freundlich, auch wenn man nur eine Postkarte kaufte. Die Worte „okay" – „alright" und dazu ein Lachen schienen schon immer in den USA zum „Mindest-Benimm-Standard" zu gehören.

Was wir in den USA ebenfalls lernten: alle Preise waren und sind immer noch Nettopreise. Beim Essen im Hotel oder Restaurant sollte man daran denken, ein für deutsche Verhältnisse großzügiges Trinkgeld für die emsigen Kellnerinnen und Kellner bereit zu halten. Im Jahre 1999 lag der empfohlene Richtwert bei 15 Prozent Trinkgeld vom Betrag des Gesamtverzehrs

Also: wenn man für 30 US-Dollar ein Essen in einem Restaurant verzehrt hatte, wartete eine Kellnerin oder ein Kellner auf 4,50 US-Dollar Trinkgeld. Die Kellnerinnen und Kellner verdienten nämlich sehr wenig und waren zur Zeit unseres Besuches auf die Trinkgelder angewiesen! Aber von dieser „Regel" hatten wir auch in einigen Reiseführern gelesen, und auch unser deutschsprachiger Reiseführer hatte uns entsprechend informiert. In „Fast-Food"-Restaurants gilt diese Trinkgeld-Regel nicht - dort sind Trinkgelder bereits in den Preisen mit eingerechnet.

Nach der Stadtrundfahrt in L.A. am 7. März 1999 fuhren wir durch die Wüste Nevada nach Las Vegas. Diese Spielerstadt hättest du sehen sollen! Sie vereinigte Märchenhaftes, Fantastisches, Abstraktes und Groteskes. Wir wohnten in einem Hotel, das dem Schloss Neuschwanstein nachempfunden war - viele Türme, Zinnen, eine Schlossbrücke. Auch die Inneneinrichtung ähnelte der eines Schlosses – mit Ausnahme der vielen, vielen Spielautomaten, Roulette- und Würfeltischen und anderen Glücksspielautomaten. All diese „Vorrichtungen" waren vorwiegend Erfindungen der Neuzeit, sie waren dazu da, in Leuten die Hoffnung nach dem großen Reichtum zu wecken. Der Reichtum, den man durch Glücksspiel erreichen konnte, was allerdings nur wenigen gelang. Ich denke, die meisten Leute verloren mehr Geld bei den Glücksspielen, als sie dabei gewannen.

Ein anderes Hotel sah aus wie eine Pyramide, ein weiteres stellte ein ägyptisches Gebäude mit Wandverzierungen dar, das nächste Hotel sollte ein italienisches Herrschaftsgebäude sein, ein viertes Hotel zeigte die Kulisse von New York mit integrierter Nachbildung der Freiheitsstatue. Und so weiter.

Wenn man die Straßen entlang schlenderte, konnte man sich nicht satt sehen, so viele unterschiedliche und fantasiereiche Gebäude fand man! Besonders bei Nacht wurde man Zeuge eines einmaligen Lichtspektakels - dann blinkten und blitzten die Leuchtreklamen und Lichter in allen Farben. Auf den Straßen tummelten sich die Leute, die in den Casinos ihr Glück machen wollten.

Ich fühlte mich gut während dieser Reise – und auch dir ging es gut. Was mir zu schaffen machte, war mein durch die Schwangerschaft schärfer ausgeprägter Geruchssinn. In den USA war das Leitungswasser in den Hotels und weiteren öffentlichen Einrichtungen, wie zum Beispiel Vergnügungsparks, stark gechlort, und ich roch das Chlor schon, wenn ich nur den Wasserhahn aufdrehte. Mir wurde dann beinahe schlecht. Dabei trank ich gerne frisches Leitungswasser. Ich wusste: während der Schwangerschaft war es sinnvoll, viel zu trinken.

Am 8. März fuhr unsere Reisegruppe weiter durch die weite Mojave-Wüste und das fruchtbare San Joaquin-Valley nach Visalia. Wir machten unter anderem Halt in Calico, einer ehemaligen Goldgräberstadt.

Ich sollte dir erzählen, dass Calico eine interessante Geschichte hat. Nachdem man dort kein Gold mehr finden konnte, verließen die Einwohner die Stadt. Vor einigen Jahren jedoch kümmerten sich einige geschäftstüchtige Leute darum: sie etablierten Läden und Restaurants in den alten Holzgebäuden und öffneten die Stadt für Touristen. Für Leute, die einmal auf den Geschmack des „guten alten Wilden Westens" kommen wollen, ist ein Besuch dieser Stadt ein absolutes Muss! Spätabends erreichte unsere Reisegruppe dann Visalia, wo wir einmal übernachteten.

Leider fiel der Besuch des Yosemite-Nationalparks (dort sieht man Schluchten, Wasserfälle, Wald etc.) aus. Dieser Nationalpark liegt circa 1.800 Meter hoch. Auf dem Weg dorthin herrschte starkes Schneetreiben und erschwerte die Busfahrt.

Die Straßen wurden immer gefährlicher, immer matschiger, immer rutschiger, auch hätten wir Besucher aus Deutschland bei solchen Wetterverhältnis

sen nicht viel von der Schönheit dieses National-
parks gesehen. Wir kehrten um und fuhren nach San
Francisco. Diese Stadt erreichten wir schon am Nachmittag. Als Entschädigung für den entgangenen Besuch des Yosemite-Nationalparks fuhr John, der Bus-
fahrer, unsere Gruppe im Bus über die Golden Gate
Bridge (die berühmte Brücke, die rot angestrichen ist)
und machte mit den Teilnehmern einen Ausflug in
das Künstlerviertel Sausolito. Sausolito ist ein Blick-
fang – mit seinen hübschen bunten Häusern und lie-
bevoll eingerichteten Läden. Allerdings kaufte niemand etwas – die Preise waren zu hoch.

Am 10. März unternahmen wir eine Stadtrundfahrt durch San Francisco. Eine faszinierende Stadt
mit vielen Wolkenkratzern, aber auch viktorianischen
Gebäuden. Die Cable-Cars (besondere Straßenbah-
nen) gelten beinahe schon als Wahrzeichen. Manche
Straßen liegen sehr hoch. San Francisco ist eine Reise
wert - das merkte man auch bei der Hafenrundfahrt -
vorbei an der sehr reizvollen Hafenanlage (sehens-
wert ist Pier 39 mit vielen hübschen Geschäften und
einer Seelöwenkolonie, der man stundenlang zu-
schauen könnte!) und an Alcatraz, dem einstmals
schlimmsten Gefängnis in den USA, das heute leer
steht und nur noch für Touristen zur Besichtigung
zugänglich ist.

Nachmittags genossen wir Teilnehmer der Reisegruppe die Zeit zur freien Verfügung. Dein Vater
Patrick und ich marschierten über die Powell-Street,
sahen das chinesische Viertel, wo Patrick preisgünstig
einen guten Rucksack kaufte. In der Market-Street
fanden wir exklusive Geschäfte, wie zum Beispiel

„Tiffany", „Cardin" etc., die wir jedoch nur von außen bestaunten.

Am 11. März verließ unsere Reisegruppe San Francisco - ohne Frühstück.

Nach zwei Stunden Fahrt über den 17-Mile-Drive genossen wir alle einen „Brunch" - Frühstück und Mittagessen zusammen (**br**eakfast and l**unch)** - in einem Café in der äußerst gepflegten Golfer- und Künstlerstadt Carmel. Das Essen war sehr ergiebig und gut - es verlieh uns Energie für den restlichen Tag und die lange Fahrt an der Küstenstraße „Highway Number One" am Pazifik entlang. Haarnadelkurven schlängelten sich an Felsen entlang, manchmal konnte man von der Straße aus gefährlich weit nach unten sehen. Einige Leute aus unserer Reisegruppe erblickten Wale - oder bildeten sich das teilweise ein, denn einige der gesichteten Wale entpuppten sich später doch nur als Felsen.

Abends erreichten wir Santa Barbara, ein hübscher Ferienort mit exklusiven Hotels, gepflegten Rasen und Sandstrand. Einige Häuser schmiegten sich an die zahlreichen Berge, Palmen wogten im Wind. Am 12. März bummelten wir alle durch die hübsche Innenstadt, vorbei an Boutiquen und Galerien, nachdem wir kurz das Gerichtsgebäude gestreift waren. Die Häuser präsentieren sich oft im spanischen Stil - ja, hier könnte man einen Urlaub verbringen, wenn nur nicht alles so teuer wäre ...

Da wir Teilnehmer die Rundreise in Deutschland gebucht hatten, brauchtes wir uns – wie gesagt - nie um die Unterkunft zu kümmern. Wir wohnten in guten bis sehr guten Hotels, beispielsweise „Westin",

„Holiday Inn", „Radisson". Die Zimmer waren einwandfrei, mit Dusche und WC. Nur zum Frühstück waren vielen die Hotels zu teuer - ein einfaches Frühstück kostete 9 US-$ oder mehr... Und so suchten viele nach preiswerten Schnellrestaurants in der Nähe oder kauften sich in einem Lebensmittelladen oder einer Tankstelle verpacktes Gebäck.

Die Busrundreise endete am 12. März mit der Ankunft in Los Angeles (L.A.) und der Besichtigung der „Universal-Filmstudios". Obwohl der Eintrittspreis dafür nicht gerade billig war, fanden wir den Besuch lohnenswert.

Man sah Stunts im „Wilden Westen" und Besonderes in „Waterworld" (diese Vorstellung sahen Patrick und ich leider nicht, da sie überfüllt war). Man brauste in einem Flugsimulator „Zurück in die Zukunft", fuhr mit einer Bahn durch Filmkulissen und lernte viele andere Attraktionen kennen. Solch ein Vergnügungspark würde auch dir gut gefallen!

Die Busrundreise war ein Erfolg – darüber waren sich alle Teilnehmer einig. Man hatte viel gesehen, hatte neue Eindrücke und Ideen bekommen. Und ich fühlte mich wohl. Was Patrick und mich an dieser Reise jedoch störte, war, dass wir in Las Vegas in der Nähe des Grand Canyons weilten, diesen jedoch nur besuchen konnten, wenn wir einen Extrapreis von US-$ 299,-- (circa DM 580,-- oder circa 290 Euro) pro Person für einen Hubschrauberflug mit Sektfrühstück hinblätterten. Das war uns und vielen Teilnehmern ent-schieden zu teuer! Wir erfuhren, dass man mit einer Tagestour im Bus für US-$ 145,-- (circa DM 270,-- oder 135 Euro) pro Person dorthin fahren

konnte, aber eine solche Fahrt wurde unserer Reisegruppe nicht einmal angeboten! Zurück in Deutschland beklagten wir bei QUERBEET-Tours diesen Miss-
stand – vielleicht bot man von nun an zukünftigen
Reisegruppen eine günstigere Möglichkeit an, den
Grand Canyon zu besichtigen.

Am 14. März 1999 erreichten Patrick und ich
glücklich Deutschland und waren erst einmal „jet-
lagged", das heißt, durch die Zeitverschiebung und
die lange Reise ziemlich müde und erschöpft.

Ich hatte während der ganzen Reise keinerlei
Probleme mit meiner Schwangerschaft – nur das
gechlorte Wasser in den Hotels „nervte" nicht nur
meine Nase, sondern machte auch meiner Haut zu
schaffen. Leider durfte ich während der Schwangerschaft keine Cortisoncremes anwenden, und die
Creme, die ich dabei hatte, war nicht sehr wirksam. In
Deutschland jedoch besserte sich mein Hautzustand
wieder rapide. Vielleicht durch UV-A-Bestrahlungen
beim Hautarzt.

Vielleicht aber auch durch die befreiende Nachricht, die während der Abwesenheit von Patrick und
mir in den Briefkasten in Mirandabach geflattert war.
Ein Brief von dem Krankenhaus in der Großstadt, das
die Fruchtwasseruntersuchung vorgenommen hatte:

„Wir teilen Ihnen mit, dass bei Ihrem Kind weder
Mongolismus noch offener Rücken vorliegt."

Wir atmeten tief durch vor Erleichterung. Kein
Gewissenskonflikt stand uns bevor – Gott schien uns
ein gesundes Kind schenken zu wollen. Und noch
etwas anderes erfuhren wir: unser ungeborenes Kind
war ein Junge.

Diese Tatsache verrieten wir niemandem – bis du auf die Welt kamst.

Und jetzt endlich konnte ich beginnen, mich wirklich auf mein Kind, auf dich, zu freuen. Irgendwie fühlte ich mich von einer großen Last befreit, von der Last der Ungewissheit. Ich – deine Mutter.

8. Kapitel: Namenssuche

Lieber Peter,

wusstest du, dass es ist nicht einfach ist, einen Namen für ein Kind zu finden? Das liegt daran, dass es viele interessante Namen gibt. Die Römer hatten es in dieser Hinsicht leicht. Sie wählten unter ein paar wenigen Jungennamen, wie zum Beispiel „Marcus" und „Carolus" (was im Deutschen „Karl" bedeutet). Oder sie nannten ihre Söhne Primus, das heißt „der Erste" – für den Erstgeborenen. Secundus, das heißt „der Zweite" für den Zweitgeborenen, Tertius, das heißt „der Dritte", für den Drittgeborenen und so weiter.

Eines Abends studierten dein Vater und ich das Vornamenbuch, das mir Astrid zum Geburtstag geschenkt hatte. Wir blätterten darin, und fingen an zu diskutieren. Eines wussten wir ganz genau: ein Name, der nicht zum Nachnamen passte, sollte es nicht sein. Denn wie hörte sich das an: „François Geddes" oder „Jean-Luc Geddes"? Schrecklich, fanden wir.

Wie stand es mit einem Namen aus der Bibel? Es gab da interessante Namen. „Markus" zum Beispiel. Oder „Johannes". Aber der Sohn einer Verwandten hieß „Mark" – das klingt ähnlich wie „Markus". Und der Sohn von meinem Kollegen Paul hieß „Johannes". Würden Patrick und ich also unser Kind „Johannes" taufen, sähe es aus, als ob wir Paul imitierten.

Gab es nicht noch andere Namen? Abraham, Elia, Samuel, Joshua, Nathanael und andere Namen aus dem Alten Testament schienen zu übertrieben. Das Kind sollte ja immerhin mit dem Namen leben, mit ihm groß werden, ihn gern haben. Warum soll es dann den Namen eines alten Mannes tragen, der zu einem Jungen also gar nicht passt?

Wollten wir einen besonderen Namen verge-ben? Einen, den man noch nie gehört hatte? Wollten wir einen modernen Namen oder einen zeitlosen?

Wenn man besondere Namen vergeben will, kann man sein Kind „Hongkong" oder „Wilde Feder" taufen lassen – vorausgesetzt, diese Namen werden als Namen anerkannt. Aber man hat sogar schon „Pumuckl" und „Winnetou" in die Reihe der Vorna-men aufgenommen. Und ein Mädchen, das von mei-nem Schwager Manfred unterrichtet wurde, hört auf den interessanten Namen „Barbi". Ob deren Eltern bei der Namensgebung wohl an die berühmte „Bar-bie-Puppe" dachten?

Patrick und ich wälzten in dem Vornamenbuch, das Astrid mir zum Geburtstag geschenkt hatte. Jeder von uns erstellte eine Liste mit Namen, die ihm am besten gefielen. Anschließend verglichen wir unsere Listen miteinander und debattierten über jeden Na-men. Namen, die deinem Vater oder mir nicht gefie-len, wurden rigoros gestrichen.

Zum Schluss stand nur noch ein Jungenname auf der Liste: Peter.

Peter – ja, das klang gut. Ein zeitloser Name, den man auch in anderen Ländern gut verstand und buchstabieren konnte. Peter – warum nicht?

Wir suchten uns auch noch einen Mädchennamen aus. Zur Vorsicht. Um Fragen unserer Verwandten und Bekannten beantworten zu können. Sicher würde die Frage „Und welchen Namen habt ihr euch für ein Mädchen ausgesucht?" fallen. Und für diese Frage wollten wir gerüstet sein. Denn wir wollten noch niemandem verraten, dass unser Kind, dass du ein Junge warst.

Ich bin sicher, auch du fandest diese Entscheidung richtig.

9. Kapitel: Klatschmohn – Teil 2

Lieber Peter,

ich wusste, du würdest mein Leben nicht nur dahingehend ändern, dass ich nun lange Zeit in keinem Büro arbeiten würde. Nein, wie jede Schwangere brauchte ich irgendwann andere Kleidung. Das fing mit den Hosen an. Die Hosen, die ich schon seit Jahren besaß und die mir bisher immer ausgezeichnet gepasst hatten, ließen sich bald nicht mehr schließen, ohne beim Tragen unnötig Schmerzen zu verursachen. Und ich wollte dich nicht unnötig quälen.

Die Latzhosen, die ich in diversen Geschäften bestaunte, schienen mir noch ein bisschen zu weit geschnitten zu sein, als ich gegen Ende des dritten

Schwangerschaftsmonats auf die Suche ging. Also kaufte ich Winterleggins mit Gummizug. In diesen Hosen fiel es noch nicht auf, dass ich schwanger war. Denn noch wollte ich dieses Geheimnis nicht mit jedem teilen.

Patrick konnte jedoch nicht vermeiden, dass seine Bekannten der vorhin beschriebenen Dorftratschgruppe in Aliceberg, deren langjährige Teilnehmer unter der Bezeichnung „Hausbibelkreis" über andere lästerten und sie verleumdeten, von meiner Schwangerschaft erfuhren, obwohl ich das ausdrücklich untersagt hatte. Warum nur sollte solch ein Mist davon erfahren? Ich sagte immer: „Das sind die allerletzten Menschen, die von meiner Schwangerschaft hören sollen!" Kein Wunder – denn wer wird schon gerne verleumdet? Wer wird schon gerne geschändet? Wessen Vertrauen wird schon gerne missbraucht? Wer liebt es, dass andere über sie oder ihn lästern?

Am Abend des 20. März 1999 wollte Patrick ausnahmsweise nicht bis Mitternacht bei diesen blöden Leuten bleiben, denn ich fühlte mich nicht gut. Wir hatten vereinbart, an diesem Abend spätestens um 23 Uhr nach Hause zu gehen.

Durch ein Kopfnicken gab Patrick mir zu verstehen, dass auch er bereit zum Aufbruch war. Dankbar erhob ich mich. Mit einem Kopfnicken verabschiedeten wir uns von diesem falschen Hausbibelkreis.

Am nächsten Tag jedoch, einem Sonntag, traf Patrick Eulalia, die ihm hämisch grinsend erzählte, dass nun alle Mitglieder des „Hauskreises" wüssten, dass ich schwanger sei. Eulalia neidete mir meine

Schwangerschaft, denn dadurch, dass sie schon oft keinerlei Informationen für sich behalten konnte und sie gleich überall herum tratschte, hatte sie bisher keinen Mann finden können. Die anderen „Hauskreis-Mitglieder" – mit Ausnahme des Ehepaars EHEC – übrigens auch. Sie waren alle noch Singles. Denn niemand wollte Partner haben, die alles herumerzählten und keine Geheimnisse für sich behalten wollten! Und da Eulalia wusste, dass ich Klatsch und Tratsch am meisten hasste und sie mir und dir schaden wollte, hatte sie diesen blöden Leuten erzählt, dass ich schwanger war!

Patrick hatte außerdem leider Horrolv im Zug auf dem Weg zur Arbeit getroffen und ihn gefragt, wie „das mit dem Kindergeld funktioniere." Horrolv bewies nun einmal mehr, wie ungeeignet er für alle Dinge war, die mit der Bibel und mit Hausbibelkreisen zu tun hatten. Er war ein Angeber und Wichtigtuer, und er witterte die Gelegenheit, seinen blöden Freunden ein grandioses Thema zum „Ablästern" bis nach Mitternacht oder noch später zu liefern und sich damit bei den anderen wichtig und interessant zu machen. Deswegen lüftete er das Geheimnis über meine Schwangerschaft, nachdem Patrick und ich gegangen waren. Daraufhin genoss er die Anerkennung, die ihm diese Informationen in dieser Gruppe brachte. Endlich hatte man wieder etwas zum Herumtratschen!

Horrolv arbeitete bei einer Bank, und ich hatte mich schon oft bei dem Gedanken ertappt, dass ich froh war, bei dieser Bank kein Konto zu haben. Man denkt immer, ein Bankangestellter wisse, wie man vertrauensvoll mit Informationen über andere Menschen umgehen sollte. Aber Horrolv belehrte mich eines Besseren. Brachte sein Arbeitgeber seinen Angestellten nicht bei, dass man verschwiegen sein sollte?

Als ich hörte, dass man über dich und mich bis Mitternacht gelästert hatte, wäre ich fast ohnmächtig geworden. Mir platzte beinahe der Kragen! Warum hatte man mich nicht gefragt, ob man die Information über meine Schwangerschaft in diese kriminelle Vereinigung bringen dürfe? War mein Leben, waren meine Angelegenheiten ein Selbstbedienungsladen, in dem sich jeder Abschaum frech bedienen konnte? Ich fühlte mich ausgebootet, verraten, verkauft, geschändet und missbraucht. Ich und du, mein ungeborenes Baby, waren Opfer dieser blöden Lästerungen und Verleumdungen geworden! Warum hatte niemand das verhindern können? Deine und meine Menschenwürde waren verletzt worden!

Ich beschloss, diese Treffen von nun an nicht mehr zu besuchen. Auch wenn Ehe-Experten meinen, Ehepaare sollten viel miteinander unternehmen. Aber mir war meine Zeit zu schade, um Dorftratsch und Lästereien anzuhören. Sollte doch dein Vater weiterhin diese Treffen besuchen, wenn er diese blöden Leute „so toll" fand.

An diesem Tag erlittest du eine Gehirnblutung.

10.Kapitel: Meinungsverschiedenheiten

Das Thema „Warum kann man es als werdende Mutter nicht mit allen Mitteln verhindern, dass die

Information über die Schwangerschaft zu blöden Leuten gelangt? Wie kann man es verhindern, dass Informationen über andere Personen hinter deren Rücken beim Dorftratsch benutzt werden?", beschäftigte deinen Vater und mich von da an mehr als genug. Patrick führte meine Abneigung gegenüber Klatsch und Tratsch und diesem falschen Hauskreis in Aliceberg auf die Schwangerschaft zurück, was ich rigoros abstritt. „Soll ich alle zwei Wochen zu diesen Leuten gehen und zuhören, wie man dort andere Leute verleumdet – nur weil du nicht schon früher nach Hause gehen willst?" Ich tippte mir an die Stirne.

„Soll ich Leute treffen, die ungeniert meinen Bauch mustern und dann, wenn ich heim gegangen bin, darüber aufs übelste lästern? Soll ich meinem Kind und mir das antun?"

Wir konnten uns über dieses Thema nicht einigen, und so sprachen wir nicht mehr darüber, um jeglichen Streitereien aus dem Weg zu gehen. Dein Vater besuchte weiterhin diese sinnlosen Treffen und bezeichnete sie immer noch als „Hausbibelkreis", obwohl auch er keine Bibelstelle fand, die besagte: „Du sollst deinen Nächsten hinter seinem Rücken verleumden, über ihn lästern und spotten!" Solche Grundsätze enthielt die Bibel einfach nicht!

Allerdings geriet ich wegen der über mich gestohlenen Informationen und deren Missbrauchs von nun an in eine psychische Stress-Situation, die für meine Schwangerschaft nicht förderlich war. Es war nicht so, dass ich mich einsperrte. Ich traf mich gerne mit Kollegen, Ich besuchte Lesungen diverser Schriftsteller, Patrick und ich gingen am Sonntagmorgen in die Kirche. Und wir besuchten – wie bereits erwähnt - Kalifornien und Nevada. Aber von dem Dorftratsch, den mein Mann so klasse fand, hatte ich genug.

Ich reagierte empfindlicher, ich war sensibler geworden. Auch mein Körper hatte sich verändert: Meine Brüste schmerzten – und irgendwann begann ich, dich in meinem Bauch zu spüren. Am Anfang war ein kleiner Schmerz zu merken, wenn du in meinem Bauch herum schwammst. Später jedoch genoss ich es, wenn ich dich, meinen „Mitbewohner", spürte, wie du dich offensichtlich deines Lebens zu freuen schienst.

Tatsache war, dass man meine Schwangerschaft immer mehr sah. Spätestens nach dem 23. Februar, dem Tag meiner Fruchtwasseruntersuchung, wusste es die Verkaufsabteilung, in der ich arbeitete. Es hatte sich ohne mein Zutun herumgesprochen. Und so machte diese Nachricht auch in der Firma ihre Runde.

Eine Schwangere muss nicht für zwei essen – wer das behauptet, liegt falsch. Aber eine Schwangere entwickelt diverse Vorlieben für bestimmte Nahrungsmittel.

Ich lehnte Kaffee und Alkohol von jetzt an ab. Obwohl ich Kaffee immer so liebte – aber während der Schwangerschaft verursachte er übles Sodbrennen. Und Alkohol (ich trank gerne mal ein Glas Wein, aber nicht mehr) war nicht gut für das heranwachsende Leben in mir. Ich ging durch diverse Genuss-Phasen – so schwor ich einmal auf Eier, dann liebte ich als Beilagen Kartoffeln am meisten. Und ich trank diverse Tees. Fencheltee und auch grüner Tee wurden zu meinen Freunden – und sollten es bleiben bis kurz nach deiner Geburt.

Rauchen fand ich schon immer sinnlos – und so war dies auch kein Thema während der Schwangerschaft. Dass das Kind im Mutterleib automatisch mitraucht, wenn die Mutter raucht, ist von Krankenkassen und Ärzten hinreichend erörtert worden. Ich konnte die Mütter nicht verstehen, die auch während der Schwangerschaft rauchen und damit nur unnötig ihr ungeborenes Kind gefährden.

Ebenso sollte sich jeder werdende Vater, der passionierter Raucher ist, überlegen, ob es Sinn macht, weiter zu rauchen. Wird sich ein Baby in einer verrauchten Umgebung einmal wohlfühlen? Muss denn wirklich alles nach kaltem Rauch stinken – Möbel, Kleidung und so weiter? Kann sich auch ein werdender Vater nicht das Rauchen abgewöhnen?

Für deinen Vater war Rauchen schon seit Jahren kein Thema mehr. Es gibt sinnvollere Dinge, für die man sein Geld ausgeben kann. Patrick schwor sich: sollte er jemals Geld übrig haben für Dinge, die er gerne unternimmt, würde er mit mir essen gehen. Man gönnt sich ja sonst nichts!

Es gibt einige Frauen, die ihren Körper vernachlässigen, wenn sie schwanger werden. Das fängt bei der Körperpflege an, erstreckt sich auf die Haare und schließlich auf die Zähne und die Kleidung. Man lässt sich gehen. Vielleicht denken solche Frauen: „Warum soll ich mich hübsch machen, wenn mein Bauch – und somit mein ganzes Erscheinungsbild – immer unansehnlicher werden?"

Was diese Frauen vergessen oder nicht erkennen können, ist, dass eine schwangere Frau auf einen Mann durchaus immer noch erotisch wirken kann. Dein Vater fand mich schön, auch wenn er merkte, dass mein Bäuchlein wuchs. Er war ja zu einem bestimmten Teil verantwortlich für diesen Bauch!

Meine Körperpflege vernachlässigte ich nicht. Ich wusch regelmäßig meinen Körper und meine Haare, trug frische Wäsche und legte unauffälligen Lippenstift auf. Immerhin arbeitete ich in einem Büro, das auch von Kunden aus aller Welt besichtigt wurde – und mein Chef war stolz auf seine Besatzung, vor allem auf gut angezogene Damen. Er verabscheute Jeanshosen, aber ich trug später Spezialjeans für Schwangere – denn die waren am bequemsten. In dieser Hinsicht achtete ich auf Bequemlichkeit. Denn wusste man, ob ich nach deiner Geburt wieder in diesem Büro arbeiten würde?

Ebenfalls war ich sehr auf meine Zahnpflege bedacht. Denn seit Beginn der Schwangerschaft fühlte ich oft einen metallischen Geschmack im Mund, der mir nicht ganz geheuer vorkam. Kam dieser Geschmack von meinen Amalgamplomben?

Anfang Mai stand die Messe „Interpack" in Düsseldorf an. Auch die Firma in Mirandabach, in der ich arbeitete, wollte dort mit einem Stand präsent sein. Denn man produzierte Maschinen, die zum Bereich „Verpackungsmaschinen" gehörten. Normalerweise hätte ich mich darum gerissen, wieder auf dem Messestand zu arbeiten.

Dort konnten meine Kolleginnen und ich wirklich etwas über Maschinen und deren Technik lernen, dort wurden wir nicht ausgegrenzt wie sonst bei übrigen technischen Informationen, die in der Firma verbreitet wurden und ansonsten oft nur Kollegen vorbehalten waren. Nun aber wusste ich selbst: es war einfach zu anstrengend für mich, acht Stunden am Stück auf dem Messestand von der Küche in die diversen Besprechungszimmer zu rennen, Prospekte zu verteilen, Kunden zu empfangen, Kaffee zu kochen und zu servieren und andere Arbeiten zu verrichten. Der Abteilungsleiter wählte die nicht schwangeren Kolleginnen zur Arbeit auf dem Messestand aus – und ich verfolgte, wie man für diese Kolleginnen Hosenanzüge bestellte, für die Kollegen auch. Ich beteiligte mich, so gut wie ich konnte, an den Messevorbereitungen. Einen Vorteil meiner Schwangerschaft zeigte sich nun: ich musste keine schweren Ordner und sonstige Dinge schleppen – viele Kollegen boten sich von selbst an, diese Dinge für mich in andere Abteilungen zu tragen.

Manche Schwangere weisen schon bald während ihrer Schwangerschaft ihren Ehemann ab. Auch dein Vater Patrick hatte noch diverse „Bedürfnisse", aber ich wies ihn nicht ab. Es gefiel mir selbst, wenn wir ein bisschen für uns sein konnten und uns aneinander kuschelten. Wir hatten uns genau erkundigt: bis zum achten Schwangerschaftsmonat durften wir unbedenklich miteinander schlafen.

Patrick drängte mich, jeden Tag ein wenig spazieren zu gehen. Nicht, dass ich übermäßig dick war und auf meine Linie achten musste. Nein, diese Spaziergänge waren einfach wichtig für mich – für mei-

nen Kreislauf und für dich. Ich versuchte, diese Anweisung zu befolgen.

Am Wochenende gingen wir gemeinsam spazieren und streiften oft durch Wälder. Wir wollten, dass
du dich gesund entwickeltest. Und nie vergaßen wir,
uns und dich, unser Kind, Gott anzuvertrauen. Hatte
er nicht zugelassen, dass sich dieses neue Leben in
meinem Körper eingenistet hatte und sich bisher gut
entwickelte? Trotz dieser positiven Entwicklung wollten wir nicht leichtsinnig werden und das Gebet vergessen.

Keine Frage – ich hatte mich verändert. Aber
Patrick war sicher, dass sich viele Dinge nach der
Schwangerschaft wieder „normalisieren" würden.

11. Kapitel: „Ein Kind? Na, da werden Sie etwas erleben!"

Lieber Peter,

du solltest wissen, dass diese Welt voller Menschen steckt, die anderen Menschen Ratschläge und
Erfahrungen mitteilen wollen. Manche Leute sprühen
richtiggehend vor guten Tipps. So zum Beispiel einer
der Arbeitskollegen deines Vaters.

„Ein Kind? Na, da werden Sie etwas erleben!",
prophezeite dieser Kollege, als er erfuhr, dass Patrick
Vater werden würde. Dieser Kollege hatte drei Kinder
und wohl nicht die allerbesten Erfahrungen mit ihnen
gemacht. Aber Patrick vertraute Gott. Und – hing das,
was man mit Kindern erlebte, nicht auch davon ab,
wie man die Kinder erzog?

Auch über die Geburt kursierten viele unterschiedliche Meinungen.

„Eine Geburt ist das schönste, was eine Frau erleben kann!" urteilte Elke, eine Freundin von mir, die bis dato immerhin drei Kinder, alles Mädchen, zur Welt gebracht hatte.

„Tierische Schmerzen erlebt man da. Ich werde niiiie wieder ein Kind bekommen!" erklärte Franzi, eine von meinen Arbeitskolleginnen.

„Ich hatte nur wenig Rückenschmerzen – und, schwupp!, war das Kind da! Ich habe gewusst, dass Geburt nicht so schlimm ist!" triumphierte Dorothea, eine weitere Arbeitskollegin von mir.

Man sollte schwangere Frauen lieber von derartigen Unterhaltungen fernhalten! Jede Frau sollte ihre eigenen Erfahrungen machen – und ein bisschen auf Gott vertrauen! Aber niemand darf sagen, eine Entbindung sei „nicht der Rede" wert. Manchmal geht es um Leben und Tod. Keine Frau wird verneinen, vor ihrer ersten Entbindung nicht ein klein bisschen Angst zu haben. Und deswegen ist ihr Partner gefordert – er sollte ihr Mut machen! Wie steht es denn generell mit dem Mut der Männer? Bei einer Entbindung – so viel war auch deinem Vater klar – würde einiges an Blut fließen. Er war fest entschlossen, mir bei deiner Geburt beizustehen – und wenn nur mit seiner puren Anwesenheit. Natürlich wollte er die Geburt nicht filmen – das schien ihm doch zu übertrieben. Aber er wollte jede Sekunde miterleben und mir mit beruhigenden Worten die Schmerzen erträglicher machen. Egal, wie lange die Geburt dauerte, er wollte durchhalten.

„Ich würde die Nabelschnur nicht durchschneiden!" meinte Brandolf, der Mann meiner Schwester Hedwig. Er war bei der Geburt beider Kinder dabei gewesen – man hatte ihm angeboten, ob er nicht die Nabelschnur durchschneiden wolle. Man hatte ihm eine Schere gereicht. „Aber das war mir dann doch zu viel!" gestand er.

Ob dein Vater die Nabelschnur durchschneiden würde oder nicht – mit dieser Überlegung wollte er sich noch Zeit lassen.

Dein Vater kam jedoch nie dazu.

12. Kapitel: Es kam anders, als wir dachten

Lieber Peter,

das Unglück nahte auf leisen Sohlen. Es kam so, dass ich es nicht bemerkte. Zuerst spürte ich ein Kribbeln in den Fingern meiner linken Hand, wenn ich morgens die Tastatur meines Computers im Büro bediente. Ein gewisses Taubheitsgefühl.

Ich ahnte nichts Schlimmes. Denn endlich begann ich, mich wohl zu fühlen. Endlich erlebte ich Schwangerschaft so, wie sie in vielen Büchern und Zeitschriften für Eltern beschrieben war: Monate, teilweise gespickt mit Übelkeit – aber doch meistens voller Freude und Wohlbefinden.

Ich erwartete, nach exakt neun Monaten ein gesundes, pausbackiges Baby – dich! - in den Armen zu halten. Sehr begeistert war ich noch nicht über das neue Abenteuer „Mutter sein", das sich in meinem

Leben ankündigte, denn ich liebte meine Arbeit. Aber als ich im sechsten Schwangerschaftsmonat endlich Kindsbewegungen spürte (besonders, wenn ich im Bett oder auf dem Sofa lag und entspannt war, schwammst du oft herum, und ich konnte deinen Rücken oder deine Beine fühlen, wenn ich Hand auf meinen Bauch legte), war ich fasziniert. In mir erwachte allmählich eine neue Liebe. Die Liebe zu dir. Mutterliebe.

Ich hatte mein Leben beinahe bis ins Detail geplant. Eigentlich wollte ich bis 9. Juni arbeiten, dann Resturlaub und Mutterschaftsurlaub genießen und meine Sachen für einen Umzug in Patricks Wohnung packen. Aber zu dem Taubheitsgefühl in meinen Fingern gesellten sich noch Wasserablagerungen in den Beinen hinzu. Kein Alarmzeichen, dachte ich. Wasser in den Beinen bekamen viele Schwangere – dieses Problem ließ sich bekanntlich mit Stützstrümpfen lösen!

Am 10. Mai rief ich in der Praxis von Dr. Obermann an und fragte ihn, ob er mir Stützstrümpfe verschreiben könne. Der Frauenarzt bestand allerdings darauf, dass ich sofort in die Praxis kommen sollte. Deswegen fuhr ich in das Zentrum der Kleinstadt Mirandabach, in der ich fast neun Jahre wohnte, fand zuerst keinen Parkplatz für mein Auto in der Nähe der Praxis und parkte es schließlich am Hallenbad. Ich raste zurück in die Innenstadt und erreichte atemlos die Praxis des Frauenarztes. Keuchend ließ ich mich in den Stuhl eines der Untersuchungszimmer fallen.

Eine Sprechstundenhilfe nahm die üblichen Untersuchungen vor. Einen Piks in den Finger, um den

Blutzuckergehalt festzustellen. Dann auf die Waage steigen. Schließlich Blutdruck messen. Auch der Urin wurde untersucht.

Der Arzt runzelte die Stirn, als er den Wert des Blutdrucks sah. Alarmstufe eins – der zweite Wert, der sogenannte „Nierenwert", lag über 100! Eine „Gestose", auch „Schwangerschaftsvergiftung" genannt, war im Anmarsch. Hier musste man rasch handeln. Das Wasser in Beinen und Füßen und das Taubheitsgefühl in den Händen sind ebenfalls Anzeichen einer „Gestose", die immerhin acht bis zehn Prozent aller Schwangeren befällt. Sie kommt wie ein Blitz aus heiterem Himmel, sie kommt so, dass man sie oft nicht bemerkt. Und dadurch sind schon schwangere Frauen und ihre ungeborenen Kinder gestorben.

„Wir werden Sie einige Tage im Krankenhaus stationär behandeln", ordnete Dr. Obermann an. „Dort bekommen Sie strenge Diät – 600 Kalorien pro Tag. Vielleicht werden Sie nach ein paar Tagen wieder nach Hause entlassen."

Ich hörte das erste Mal von einer „Gestose". Ich erschrak über die Aussicht, ins Krankenhaus gehen zu müssen, aber ich glaubte daran, dass alles wieder gut werden würde. Ein paar Tage im Krankenhaus, danach könnte ich wieder wie gewohnt arbeiten. Und die weitere Schwangerschaft würde sich so fortsetzen, wie geplant.

In Ruhe packte ich in meinem Apartment Handtücher, Nachthemden, Cremes und was ich sonst brauchte, in eine Reisetasche. Anschließend sagte ich telefonisch Termine bei der Kosmetikerin und beim Hautarzt ab. Alles Termine, die für heute angesetzt waren. Ich musste sie auf unbestimmte Zeit verschieben.

Dann begab ich mich am Nachmittag in das Krankenhaus am Ort. Geduldig füllte ich Anmeldeformulare aus und ging dann auf die Entbindungsstation. Freundliche Schwestern wiesen mir ein Einzelzimmer zu, das gerade frei geworden war. Man nahm mir Blut ab, man stellte mich auf die Waage. Auch schloss man mich an ein so genanntes „CTG-Gerät" an, über das man die Herztöne eines Babys im Mutterleib hören kann.

Ich lag in einem Untersuchungszimmer, mit einem Gürtel um meinem Bauch und hörte ein gleichzeitiges „tock tock", deinen Herzschlag, lieber Peter. Dieser klang ganz regelmäßig. Ich machte mir keine Sorgen.

Frau Dr. Fuhrmeier, die Dienst habende Ärztin im Krankenhaus, die auch die Visiten durchführte, war allerdings anderer Meinung. Deine Herztöne klangen ihr zu regelmäßig. Ich konnte das nicht feststellen, ansonsten fühlte ich mich gut und dachte: „Was soll dieses ganze Theater?"

Theater? Nein, hiervon konnte keine Rede sein! Frau Dr. Fuhrmeier sah sich die Werte, die das CTG-Gerät gemessen hatte, genauer an. War es nicht besser, in meinem Fall den Rat und das Urteil von Professor Hampel aus dem großen Krankenhaus in June-Burg einzuholen? Professor Hampel arbeitete dort als Chefarzt der Entbindungsstation. Er bediente unter anderem ein genaues und hochmodernes Ultraschallgerät und konnte damit Dinge sehen, die man auf den Geräten in „normalen" Frauenarztpraxen nicht sah.

Frau Dr. Fuhrmeier erklärte mir ihre Überlegungen:

„Ich werde Sie zu einer Untersuchung bei Professor Hampel in June-Burg überweisen. Es handelt sich um eine reine Vorsichtsmaßnahme. Vielleicht müssen Sie auch gleich in diesem Krankenhaus bleiben – deswegen können Sie Ihre Sachen dorthin mitnehmen! Oder Sie lassen sie hier, denn vielleicht schickt man Sie wieder hierher zurück!"

Nach dem ersten Schreck beschloss ich, mich zu fügen. Was blieb mir auch anderes übrig? Wenn es für dich, mein Baby, und für mich besser war, mich von Professor Hampel in June-Burg untersuchen zu lassen – warum nicht? Ich fühlte mich gut, es würde schon nichts Bedenkliches bei der Untersuchung herauskommen!

Also packte ich wieder meine Habseligkeiten in meine Reisetasche und stieg am Morgen des 11. Mai in ein Taxi. Eine nette ältere Taxifahrerin fuhr mich in das große Krankenhaus in June-Burg. Wir kamen ins Gespräch, ich erzählte der Dame meine Geschichte. Es war gut, mit jemandem reden zu können.

In diesem Krankenhaus in June-Burg wurde ich um 11 Uhr untersucht. Professor Hampel verlor nicht viele Worte, sondern fuhr kräftig mit einem Stab auf meinem Bauch herum. Mein Bauch war vorher wieder mit glitschiger, gelähnlicher Paste eingerieben worden. Es schmerzte, wenn der Arzt mit dem Stab zu sehr auf den Bauch drückte. Und ich ertappte mich bei dem Gedanken: „Ob das meinem Baby nicht weh tut?"

Nach der Kontrolle über das Ultraschallgerät wurden die Bilder auf eine Videokassette kopiert, die der Professor dann in einen Computer steckte. Nun konnte er anhand von Grafiken im Computer meine Daten und deine Daten, die auf der Videokassette aufgezeichnet waren, miteinander vergleichen.

Nach ungefähr einer halben Stunde zog ich mich an und folgte ihm in sein Büro. Und dort erfuhr ich eine Wahrheit, die mich hart traf.

„Die ausreichende Versorgung Ihres Babys im Mutterleib ist leider nicht mehr gewährleistet!" Professor Dr. Hampel sah sehr ernst aus. „Ihr Baby erlitt bereits eine Gehirnblutung. Wann genau, kann ich nicht sagen. Sie müssen hier zur Beobachtung bleiben. Wahrscheinlich müssen wir Ihr Kind in den nächsten Tagen per Kaiserschnitt holen!"

Ich saß da wie in Trance. Wie konnte das passieren? Ich fühlte mich doch gut! „Hat das Kind Chancen zu überleben?", flüsterte ich beinahe. Ich steckte wohl „im falschen Film", ich fühlte mich wie in einem Alptraum. Aber es war kein Traum, es handelte sich um raue Wirklichkeit!

„Ja, das hat es!", antwortete der Professor und führte mich ins Wartezimmer hinaus.

Und so musste ich hinter diesen Krankenhausmauern bleiben, und ich wusste nicht, was mir bevorstand. Mir schwirrte der Kopf. Ich klammerte mich an den Gedanken, der mir Mut machte: Eine reelle Chance habe das Kind zu überleben. Den errechneten

Geburtstermin am 16. August konnte ich mir aber auf jeden Fall abschminken.

Das war die raue Wahrheit, und sie traf mich hart. Die nette Taxifahrerin war bis nach der Untersuchung geduldig im Wartezimmer gesessen, hatte in einer Zeitschrift geblättert und gehofft, mich wieder nach Mirandabach mitnehmen zu können. Nun sollte sie alleine zurückfahren, brachte mich aber noch auf die Entbindungsstation, bevor sie sich von mir verabschiedete. Leider weiß ich nicht ihren Namen, und leider habe ich sie nie wiedergesehen.

Auf der Entbindungsstation führte mich eine Krankenschwester in ein Einzelzimmer am Anfang der Station. Ich musste mich auf ein Bett legen, zwei junge Assistenzärztinnen sprangen hektisch um mich herum. Die eine legte mir eine Infusion, die andere schloss mich an ein CTG-Gerät zur Überprüfung der Herztöne meines Kindes an.

Dann ließen die beiden mich alleine. Ich hörte das leise „tock tock" deines Herzens, ich hörte einen Stift, der Kurven auf ein Papier malte. Papier auf einer Endlosrolle.

Eine dritte Ärztin erschien und gab mir eine Spritze in die Vene. „Zur Lungenreifung des Kindes", erklärte sie. Ich erfuhr später, dass jede Mutter, die „in Verdacht stand", ihr Kind zu früh zur Welt bringen zu müssen, insgesamt vier dieser Spritzen in einem gewissen zeitlichen Abstand von einigen Stunden bekam, damit die Lungen des Kindes vorzeitig reiften. Wenn die Lungen früher reif waren, hatte das Kind weniger Probleme mit der Atmung, wenn es zu früh geboren wurde.

Was dann folgte, war wie ein Actionkrimi. Die Ereignisse begannen, sich zu überschlagen. Zuallererst wollte ich unbedingt deinen Vater anrufen, der 70 Kilometer entfernt von hier arbeitete. Wollte er mich nicht heute in dem Ortskrankenhaus in Mirandabach besuchen? Er sollte heute aber nach June-Burg reisen. Ich verlangte ein Telefon, um ihn an seinem Arbeitsplatz anzurufen.

Zahlreiche Leute, die nach mir sahen, versprachen mir, ich könne bald anrufen, sie wollten sich um ein Telefon kümmern. Aber sie waren zu sehr mit anderen Dingen beschäftigt, nichts geschah, ich fühlte mich „hingehalten" und nervte weiterhin jeden Menschen, der nach mir sah, mit der Bitte nach einem Telefon. Schließlich konnte ich einer Schwester DM 50,-- als Kaution für ein Telefon in die Hand drücken. Sie besorgte mir ein Telefon am Empfang. Bis die Schwester jedoch mit dem Telefon zurückkehrte, hatte man bereits folgendes beschlossen: „Um 14 Uhr holen wir Ihr Kind mit Kaiserschnitt!"

Ich war erschrocken, man wedelte mit Blättern vor meiner Nase herum, die ich unterschreiben sollte: eine Einverständniserklärung für den Kaiserschnitt, eine weitere für die Rückenmarksnarkose. Ich kam gar nicht dazu, alles durchzulesen, was auf den Blättern stand – es waren immerhin vier DIN-A-4-Seiten pro Formular!

Zitternd wählte ich die Nummer des Arbeitgebers deines Vaters, während zahlreiche Leute um mich herumwirbelten. Ich erreichte Patrick an seinem Arbeitsplatz, während Ärzte und Schwestern fieberhaft an mir arbeiteten. Alles musste flott gehen, ich sollte ja bald in den Operationssaal, die Leute schafften Hand in Hand! Jemand rasierte mir die Haare an der Stelle ab, an der der Kaiserschnitt vorgenommen werden sollte, jemand zog mir einen blütenweißen Operationskittel an, jemand legte mir einen Katheder, was entsetzlich brannte, jemand stach mir in eine Vene, um einen Zugang für eine Infusion zu legen. Mir war alles zu viel, ich war fertig mit den Nerven, ich bekam einen Weinkrampf.

Etliche Leute versuchten, mich zu beruhigen, als sie mich in den Operationssaal fuhren. Dort bekam ich eine Rückenmarksnarkose – eine Spritze in den Rücken, wieder ein ekelhaftes Brennen, diesmal an der Wirbelsäule! Ein Taubheitsgefühl breitete sich in Beinen und Füßen aus. Vor mir hing man ein grünes Tuch auf, damit ich von dem Eingriff nichts sehen konnte. Ich spürte, wie man mir den Bauch und die Gebärmutter aufschnitt - es war ein Gefühl, als ob jemand mit einem Dosenöffner an mir arbeitete, ich fühlte keinen Schmerz ... Aber alleine die Vorstellung, dass an mir herum geschnitten wurde, war entsetzlich. Ich jammerte. Dann wurde etwas herausgerissen, ich jammerte wieder - und dann bekam ich nichts mehr von der Operation mit, wahrscheinlich hatte man mir ein Beruhigungsmittel gegeben.

Viele Stimmen schwirrten um mich herum, während ich im Halbschlaf dahindämmerte: „Herzlichen Glückwunsch - es ist ein Junge!"

Aber das wusste ich ja schon - dank der Fruchtwasseruntersuchung - und freuen konnte ich mich auch nicht. Die Glückwünsche fand ich nicht angebracht, denn ich wusste doch: das Baby – du! - war noch nicht reif für eine Geburt! Das Baby war noch nicht „fertig". Das Baby hatte noch einen Kampf ums Überleben vor sich...

Man hievte mich auf ein Bett, was ich wieder bewusst mitbekam, und man fuhr mich in einen Aufwachraum. Drei Infusionsflaschen baumelten über mir, ich fühlte mich, als habe eine Bombe ein Loch in meinen Bauch gerissen. Ein Zitteranfall packte mich, und ich litt tierische Schmerzen. Ein Krankenpfleger leitete Schmerzmittel über die Infusionsschläuche in meine Vene - die Schmerzen waren eine Zeitlang weg, um dann später wiederzukommen.

Irgendwann schob man mich in ein Krankenzimmer auf der Entbindungsstation. Dein Vater hatte nach meinem Anruf gegen 14 Uhr nicht mehr konzentriert weiterarbeiten können, er packte seine Sachen und fuhr mit der Bahn erst mal nach Mirandabach, wo unser Auto abgestellt war.

Damit raste er nach June-Burg. Er musste erfahren, wie es mir ging. Und wie war dein Zustand? Gegen 16 Uhr erreichte er das Krankenhaus und besuchte dich auf der so genannten „Kinder-Intensiv-Station". Du warst ein kleiner Wicht von 800 Gramm, unfreiwillig geboren in der 26. Schwangerschaftswoche. Die Schwestern knipsten ein Foto von dir mit einer Sofortbildkamera, das Patrick mir überreichte. Auf dem Foto sah man nicht, wie klein du wirklich warst. Aber ich erkannte: es war „alles dran" – du hattest zwei Arme, zwei Beine, einen menschlichen Kopf, einen Körper.

Ich stellte das Bild auf meinen Nachttisch, um es so oft wie möglich ansehen zu können. „Ich habe einen Sohn", dachte ich. Aber ich fühlte mich nicht als Mutter. Noch nicht. Ich fühlte mich elend. Nicht nur Schmerzen hatte ich, nein, auch noch ein Kind, das viel zu früh geboren war und bei dem man sich von Anfang an fragen musste: Wird er durchkommen, was hat er von der frühen Geburt zurückbehalten, wird er sich einmal normal entwickeln? Man konnte wirklich nur hoffen und beten!

Die Prognosen für dich standen gut – vielleicht, weil du von Anfang an versuchtest, selbständig zu atmen. Das beeindruckte Ärzte und Schwestern, das war ein positives Zeichen. Man merkte: du wolltest leben, und deswegen wolltest du atmen. Von nun an mussten Patrick und ich in kleinen Schritten leben - wir waren dankbar für jeden kleinsten Schritt nach vorn. Jeden Schritt in deiner Genesung und in deiner Entwicklung.

Gegen die Schwangerschaftsvergiftung – oder korrekter gesagt: „Gestose" - hätte ich nichts tun können, sagte mir Professor Dr. Hampel später einmal bei einer Visite. Treffen kann das jede Schwangere. Hätte man nur einen Tag mit dem Kaiserschnitt gewartet, wärest du sehr schwer geistig behindert oder sogar gestorben! Solch eine schnell fortschreitende „Gestose" wie bei mir hatten die Ärzte bis dahin selten gesehen - normalerweise hätte man mir noch alle Spritzen zur Lungenreifung des Kindes verabreichen sollen. Aber dafür blieb keine Zeit mehr!

Einige Monate später forderte ich Unterlagen von den „Gestose-Frauen" an. Die „Gestose-Frauen" sind ein wichtiger Verein, der Aufklärung in Sachen „Gestose" betreibt und bereit ist, werdenden Müttern während ihrer Schwangerschaft mit Rat und Tat zur Seite zu stehen. Wie nützlich wäre es gewesen, ich hätte schon vorher von diesem Verein gewusst!

Ich machte sich Gedanken über die Ursachen der „Gestose". Warum musste es ausgerechnet mich treffen? Und ich machte mir weitere Gedanken. Was war der schlimmste Schock, den ich während meiner Schwangerschaft erleben musste? Die Antwort war eindeutig: Das Stehlen und der Missbrauch von Informationen über mich. Waren dieser Missbrauch und die Verleumdung etwa ein Auslöser für die Gestose gewesen?

Ja, das denke ich. Ich hätte zur Polizei gehen sollen, eine Anzeige erstatten müssen. Ich tat es nicht wegen Patrick. Ich tat es auch nicht, weil ich von Eulalia bedroht wurde, dass ich – wenn ich etwas gegen diesen Dorftratsch in die Wege leiten würde – „etwas erleben könne". Was genau das sein würde, weiß ich nicht. Ich fühlte mich jedoch so eingeschüchtert, dass ich dieses Verbrechen, das an mir und dir verübt worden war, lange Zeit niemandem anvertraute.

Es dauerte lange, bis ich mich erholte. Ich ging nicht zur Polizei, weil ich mich von nun an immer mehr um dich kümmern musste. Ich ging nicht zur Polizei, weil ich von Eulalia bedroht wurde.

Erst einige Jahre später habe ich mich bei der evangelischen Kirche beschwert und Namen genannt. Zumal dieser falsche Hauskreis auch der Hauptgrund war, dass ich nicht wieder in die evangelische Kirche eintrat. Ein Pfarrer sagte mir später, er hätte mir nicht „solch einen Scheiß" wie diesen Dorftratsch empfohlen – hätte ich ihn gefragt, wäre ich in einen anständigen Hausbibelkreis gekommen. Aber er war damals noch nicht Pfarrer in meinem Wohnort. Dieser falsche „Hausbibelkreis" erscheint in keiner Liste der Hauskreise der evangelischen Kirche, damit diese Leute nicht noch mehr Unheil anrichten können als das, das sie schon angerichtet haben.

Ich weilte bis zum 25. Mai im Krankenhaus in June-Burg und hing sieben Tage „am Tropf" wegen des hohen Blutdrucks (vor meiner Schwangerschaft hatte ich immer niedrigen Blutdruck). Später wohnte ich in der Nähe des Krankenhauses - vorläufig -, um jeden Tag beim dir sein zu können. Du entwickeltest dich gut, lagst aber lange im Brutkasten, wurdest anfangs künstlich beatmet und erhieltest Infusionen, manchmal Bluttransfusionen. Man untersuchte dein Blut, es wurde ständig kontrolliert. Ich hätte dir das gerne erspart, aber es kam anders, als geplant!

Die Ärzte und Apparate mussten nun alle Funktionen eines Mutterleibes, so gut es ging, ersetzen.

Schon auf der Entbindungsstation wurde ich angeleitet, Milch abzupumpen. Anscheinend würde ich jetzt die optimale Milch für dich, mein „Frühchen", produzieren – mit den Stoffen, die du gerade für dein Gedeihen brauchtest. Und so pumpte ich jeden Tag einige Male Milch ab, die du dann über eine Magensonde erhieltst.

Du warst jeden Tag, jede Stunde, jede Minute in meinen Gedanken. Ich liebte dich, und ich wollte dich in den Arm nehmen. Aber ich durfte es nicht. Noch nicht. Ich musste mich in Geduld üben. Und das war hart.

74

13.Kapitel: Das Leben hatte sich verändert

Lieber Peter,

kannst du dir vorstellen, wie schockiert ich war, als ich dich zum ersten Mal erblickte?

Du warst nicht nur in meinen Gedanken, du warst auch in den Gedanken deines Vaters. Er konnte sich nicht mehr gut auf seine Arbeit konzentrieren. Es machte keinen Unterschied, ob er in der Firma in die Regler starrte, ihr Innenleben in sich aufnahm, daran herumschraubte - und dann doch nur an mich und an dich dachte, weil er sich um uns beide Sorgen machte. Ich fühlte mich schwach, dein Leben hing am seidenen Faden – und dein Vater musste ganz einfach Stärke beweisen. Stärke, die er sich täglich während seiner „Stillen Zeit" aus der Bibel holte.

Er hatte dich gesehen an dem Tag, als du „zwangsgeboren" wurdest, und der Anblick hatte ihn erschreckt. Man sollte werdenden Eltern durch einen Besuch auf einer Frühgeborenen-Station den Anblick dieser kleinen Babys übermitteln.

Andererseits will man Schwangere und werdende Väter nicht erschrecken.

Du warst sehr klein – 36 Zentimeter groß und 800 Gramm schwer. Du sahst aus, als hättest du tagelang unter einer Höhensonne gelegen. So braun warst du. Doch diese braune Farbe ist nicht normal, und so hingen Ärzte und Schwestern während der ersten Tage eine Lampe mit intensivem Licht über dich. Eine Lampe, die die Gelbsuchtgefahr bannen sollte. Denn gelbsuchtgefährdet sind diese zu kleinen Kinder während ihrer ersten Zeit auf Erden auf jeden Fall.

Du warst ein viel zu kleines Baby. Du sahst aus wie ein kleiner Vogel, der aus dem Nest gefallen war. Jedoch – alles war dran. Alle Gliedmaßen waren vorhanden, die Fingerchen waren dünn und klein wie bei einer Puppe. Die Zehen sahen aus wie Reiskörner. Ein winziges Baby – hattest du überhaupt Überlebenschancen?

Ja, die hattest du, bestätigten Ärzte und Schwestern in altrosa Kitteln und weißen Hosen. Ärzte und Schwestern, die geschäftig umher rannten. Die genau wussten, warum welches Kabel an welcher Stelle unseres Babys steckte.

Vier Brutkästen standen in einem Raum der Kinder-Intensiv-Station. Alle gefüllt mit Babys. Großen und kleinen. „Frühchen" und „reif geborenen" Babys, wie man in der Fachsprache so schön sagt. An der Wand hingen zahllose Apparate. Apparate, die Puls und Herzschläge maßen. Apparate, die kontrollierten und wahrnahmen. Apparate, die hupten und piepten, wenn irgendetwas nicht stimmte. Und dann hetzte eine der Intensiv-Schwestern herbei und stellte wieder alles richtig ein.

Auf dass du weiterhin richtig beatmet würdest! Auf dass du weiterleben würdest mit Hilfe von Kabeln, Apparaten und Schläuchen!

„Die wichtigste Zeit sind die ersten drei Tage", erklärte Patrick eine Schwester. „Sollte Ihr Kind diese Zeit gut überstehen, hat er gute Chancen durchzukommen."

„Wie lange muss unser Kleiner im Krankenhaus bleiben?" fragte Patrick interessiert. „Voraussichtlich bis zum errechneten Geburtstermin!" kam die Antwort.

Er schluckte. Das bedeutete: mehr als drei Monate. Mehr als drei Monate würden Ärzte und Schwestern mit Gottes Hilfe und der Hilfe von Apparaten versuchen, seinen und meinen Sohn – also dich – „hochzupäppeln". „Gott, schenke mir Geduld und Kraft!" betete er im Stillen.

Ja, Geduld und Kraft – die brauchten wir jetzt. Denn du, unser Kind, musstest jetzt vieles selbst machen, was ich für dich übernommen hatte, als du noch im Mutterleib warst. Das fing bereits beim Pinkeln und dem Stuhlgang an.

„Wir sind immer ganz froh, wenn ein Frühchen seine ‚Notdurft' erstmals verrichten kann!" strahlte eine Schwester.

Die Frühgeborenen trugen kleinste „Pampers". Windeln in einer Größe, die man normalerweise für Puppen verwendete. Ernährt wurdest du im Moment mit Traubenzuckerlösung, die man dir über eine Magensonde zuführte.

„Aber Ihre Frau wird hoffentlich abpumpen!" schärfte man deinem Vater ein. „Sobald diese Muttermilch dann bei uns im Krankenhaus auf Keimfreiheit getestet wurde, kann Peter sie bekommen!"

Patrick schwirrte der Kopf. Er hatte sich Vater-Werden und Vater-Sein ganz anders vorgestellt. Sicherlich war er ein Fan von Science-Fiction-Serien wie „Raumschiff Enterprise" und „Deep Space Nine" – aber was in diesen Filmen passierte, war Fantasie, waren Märchen. Jedoch was er hier auf der Intensivstation sah, war eiskalte Wirklichkeit.

Klar könne er sein Kind anfassen, antwortete man ihm auf diese Frage. Das sei ja auch sehr gut für dich. Du, Peter, würdest die Stimme deiner Eltern kennen. Und du würdest den Zuspruch deiner Eltern, ihre Berührungen, ihre Anwesenheit jeden Tag brauchen.

Immer, wenn Patrick oder ich die Kinder-Intensiv-Station betraten, zogen wir einen sterilen Kittel an, wuschen unsere Hände mit Seife und rieben sie dann mit Flüssigkeit ein, die jegliche Keime abtöten sollte. „Sterilium" hieß dieses Mittel.

Ja – es würde alles anders werden von jetzt an. Patrick hatte vor, dich und mich so oft wie möglich zu besuchen.

Damals, als ich sagte: „Ab August sind wir zu dritt!" – da war noch viel Zeit. Jetzt hatte uns beide die Realität eingeholt. In eine Rolle als „Frühcheneltern" wird man hineingeworfen. Niemand bereitet einen darauf vor – die Literatur erstreckt sich vorwiegend auf die Pflege und Erziehung von reif geborenen Babys. Wie aber behandelt man ein „Frühchen"?

Seit deiner Geburt, lieber Peter, hatten sich das Leben deines Vaters und mein Leben schlagartig verändert. Nicht so, wie wir es uns ausgemalt hatten. Wir hatten Verantwortung für ein kleines Wesen, das durch Gene mit uns verbunden war. Aber in anderer Hinsicht hatten wir keine Verantwortung für dich, mein Kind, – du lagst im Krankenhaus und damit in der Verantwortung von Ärzten, Schwestern und von Gott.

Wichtig war erst einmal, dass du überlebtest.

14. Kapitel: Liebe auf den ersten Blick?

Lieber Peter,

ein Kaiserschnitt ist kein Pappenstiel – und so fühlte ich mich auch Tage nach der Operation noch immer sehr schwach.

Aber ich musste wieder zu Kräften kommen. Gegen den hohen Blutdruck pumpte man mir sieben Tage lang Magnesiumlösung in die Venen. Das war eine Quälerei, weil ich schlechte Venen hatte und man den Zugang der Infusion zweimal wechseln musste.

„Sie haben ein früh geborenes Kind – und Sie sollten so schnell wie möglich Ihr Kind sehen!" schärfte man mir einen Tag nach der „Zwangsgeburt" von dir, meinem Sohn, ein. Ich wusste, mein Kind brauchte mich. Aber ohne das Kind in meinem Leib fühlte ich mich leer. Ich vermisste den kleinen Wicht in meinem Bauch, der oft munter umher geschwommen war. Denn ich wusste: du, mein lieber Peter, warst noch nicht fertig, warst noch nicht bereit gewesen zur Geburt. Und ich hatte starke Schmerzen. Über mir baumelten zwei Infusionsflaschen – eine mit Magnesiumlösung und eine mit Schmerzmittel.

Über meinen Unterbauch zog sich ein langer Riss, der mit Klammern geflickt war. Irgendwann würden Haare wieder darüber wachsen – und dann würde ich mich nur noch ab und zu an die schreckliche Geburt erinnern. Jetzt aber fühlte ich mich halb „kaputt" – mein Kopf war knallrot wie eine Tomate, meine Augen flimmerten – alles Nachwirkungen der Gestose.

Eine „Garnison" Ärzte kam zur Visite herein, anschließend genoss ich ein Frühstück, das an eine Sträflingsmahlzeit erinnerte: trockenen Zwieback und Tee. Mittags gab es immerhin zur Abwechslung, zusätzlich zu dem Zwieback mit Tee, eine würzige Spargelcremesuppe. Alles nur zu meinem Besten, alles nur, damit die Wunde in meinem Bauch richtig heilen konnte.

Aufstehen konnte ich noch nicht selbstständig. Nicht einmal auf die Toilette gehen. Für diese „kleinen Geschäfte" musste ich die Hilfe einer Krankenschwester in Anspruch nehmen.

Meine Zimmerkollegin Frau Schlagdenhaufen hatte ebenfalls einen Kaiserschnitt hinter sich – allerdings nach einem Blasensprung in der 33. Schwangerschaftswoche.

Und so war ihr Kind größer und schwerer – immerhin ein Kilo schwerer als du. Das war eine ganz andere Ausgangssituation. Dieses Kind würde schneller das Krankenhaus verlassen können. Nach wenigen Tagen auf der Kinder-Intensiv-Station konnte es auf die so genannte „Frühgeborenen-Station" verlegt werden, und es gewöhnte sich gerade daran, gestillt zu werden.

Frau Schlagdenhaufen sollte am 12. Mai, dem ersten Tag nach meinem Kaiserschnitt, entlassen werden, wartete nur noch auf ihren Freund und räumte emsig ihre Sachen zusammen. Sie sprang kurz in die Dusche und besuchte anschließend ihr Kind auf der Frühgeborenen-Station.

Sie war wirklich fit, was ich erstaunlich fand. Ich konnte mir nicht vorstellen, nach zehn Tagen ebenfalls so fit herumzuspringen.

Patrick hatte in der Firma seines Arbeitgebers angerufen: „Ich werde heute nicht zur Arbeit kommen – nächste Woche dann wieder!" Jeder zeigte Verständnis dafür – seine plötzliche Vaterschaft hatte jeden überrascht. Gut traf sich, dass am folgenden Tag sowieso ein Feiertag war – einer jener arbeitnehmerfreundlichen Donnerstage im Mai. Am Freitag hatte er deswegen Urlaub genommen – wie viele seiner Arbeitskollegen auch.

Frau Schlagdenhaufen verschwand zuversichtlich mit ihrem Freund aus dem Krankenhaus, und ich lag von da an alleine in dem Zimmer. An jenem Nachmittag empfing ich auch andere Besucher – meine Schwester Hedwig und meine Mutter. Aber sie blieben nicht lange, denn sie bemerkten, dass ich mich immer noch sehr schwach fühlte. Sie verschwanden aus meinem Zimmer, als zwei Schwestern versuchten, mich auf die Beine zu stellen und mich langsam zum Waschbecken zu führen. „Ich habe das Gefühl, mein Bauch fällt gleich herunter!" jammerte ich. Aber es gab kein Pardon. „Ein Indianer kennt keinen Schmerz!" schienen die Schwestern zu denken. Oder: „Gelobt sei, was hart macht!"

Die Patienten sollen nicht allzu lange im Krankenhaus verweilen – also sollte man auch mit einer großen Kaiserschnittwunde schnell wieder auf die Beine kommen. Immerhin schaffte ich es, an diesem Tag mit Hilfe der Schwestern zum Waschbecken zu wanken und mich dort frisch zu machen.

Frisch auch für dich. Denn Patrick sollte mich auf die Kinder-Intensiv-Station fahren. Er organisierte einen der fahrbaren Stühle, die auf der Entbindungsstation zur Verfügung standen. Eine Krankenschwester half ihm, mich auf den Stuhl zu hieven. Außerdem wurde ich für kurze Zeit von meiner Infusion „erlöst" (man stöpselte also den Schlauch ab) – jedoch würde ich die Infusion später wieder bekommen.

Meine Mutter und Hedwig hatten mich auch besucht. Sie verabschiedeten sich, als Patrick mich im Rollstuhl zu einem Aufzug fuhr. Mama und Hedwig würden dich an diesem Tag noch nicht sehen.

Um die Keimfreiheit auf einer Station, in der Frühgeborene behandelt werden, zu gewährleisten, dürfen nur die Eltern ihre Kinder regelmäßig besuchen. Großeltern dürfen ihren Enkel/ ihre Enkelin/ ihre Enkel (bei Mehrlings-Geburten) einmal fünf Minuten lang sehen – nach Absprache mit den Krankenschwestern. Wir jedoch wollten unseren Eltern den Anblick unseres viel zu kleinen Babys auf der Kinder-Intensivstation ersparen.

Als Patrick mich zum ersten Mal dorthin brachte, musste er vorsichtig fahren, denn jede Erschütterung empfand ich als äußerst unangenehm. Der Weg in die Kinder-Intensiv-Station war von der Entbindungsstation aus leider nicht sehr „kaiserschnittfreundlich". Er führte durch viele Gänge, über einige Unebenheiten und durch zwei Fahrstühle.

Ich sah sehr mitgenommen aus, Und allmählich verlor ich meine überschüssigen Pfunde, die sich durch die Gestose in meinem Körper angesammelt hatten. Dank der Nahrung, dank der Bettruhe, dank der Infusionen, dank der Stützstrümpfe – und dank der vorzeitigen Geburt meines „Frühchens".

Nach der Fahrt durch viele Gänge und mit den zwei gerade erwähnten Aufzügen verschwand Patrick hinter der Türe der Kinder-Intensiv-Station und organisierte zwei lindgrüne Kittel. Eine reine Vorsichtsmaßnahme – denn alles sollte steril sein. Er zog einen Kittel an, den anderen stülpte er mir so gut wie möglich über. Und dann fuhren wir in die Kinder-Intensiv-Station, in den Teil, in dem Babys in Brutkästen lagen.

Was mich erwartete, war ein Schock. Ich hatte noch nie solche kleinen Babys gesehen – und auf der Sofortbild-Aufnahme, die mir Patrick gestern in die Hand gedrückt hatte und die auf meinem Nachttisch stand, konnte man nicht sehen, wie entmutigend der Anblick eines „Frühchens" tatsächlich ist!

Als ich dich, das kleine, nackte Bündel Mensch, auf einem Frotteetuch liegen sah, das mein Sohn sein sollte, total verkabelt, mit einem lindgrünen Beatmungsschlauch in der Nase, brach ich in Tränen aus. Nein, das hatte ich nie gewollt! Das hatte ich mir unter Schwangerschaft und unter Geburt nicht vorgestellt!

Du schliefst – vollgepumpt mit Beruhigungsmitteln (sonst hätte man die Schläuche und Kabel nicht an dir befestigen können). Gedanken schossen durch meinen Kopf: Würde dieses Kind überhaupt überleben? Du sahst so furchtbar klein aus – mit 36 Zentimetern Körperlänge. Deine Windel war beinahe so groß wie du selbst.

Man hatte dir ein ‚Nest' gebaut. Frühgeborene brauchen ein Nest, das ihnen Geborgenheit und Wärme vermittelt, die sie ja nun nicht mehr haben. Deswegen dienen Kissen in Form einer Mondsichel als Kopfkissen. Zusammengerollte Handtücher werden unterhalb der Beine platziert – ebenfalls in Form einer Mondsichel. Frühgeborene brauchen eine Begrenzung – diese Begrenzung hatten sie im Mutterleib. Im Brutkasten dienen Handtücher und Kissen als Zeichen der Geborgenheit und als Begrenzung.

Im Hintergrund piepten und flimmerten Bildschirme, Apparate und alle möglichen Geräte, die ganze Wand war voll davon!

Die Schwestern ermutigten uns, unseren Sohn – dich! – anzufassen. Ich getraute mich zuerst nicht. Aber du kanntest uns, du kanntest unsere Stimmen, du kanntest unsere Hände von den Berührungen auf meinem Bauch. Wenn dein Vater und ich dich berührten, wurde dein Puls sofort besser!

Ich weiß nicht, wie lange wir auf dieser Station blieben. Vielleicht eine halbe Stunde. Zurück auf dem Zimmer hätte ich nur heulen können. Ich fühlte mich gar nicht als Mutter – ich fühlte mich hineingeworfen in eine fremde Situation – und nun musste ich schwimmen!

Würde aus dir, diesem winzigen braunen Menschlein mit einem viel zu großen Kopf (verglichen mit deiner Körpergröße), einmal ein hübsches Baby werden? Deine Arme und Beine waren viel zu dünn, und an deinem Körperchen konnte man die Rippen erkennen. Deine Zehen waren so klein wie Reiskörner, deine Fingerchen lang und dünn. Ja, du warst ein Mensch, der noch nicht fertig ausgebildet war.

Niemand stand der Sinn, mit Champagner auf deine Geburt anzustoßen. Das konnte man später noch einmal tun – wenn du überlebt hattest. Vielleicht dann, wenn du zu Hause warst. Aber bis dahin galt es, eine gewaltige Wegstrecke zurückzulegen.

„Er ist ein Kämpfer!" sagte ich und meinte, was ich sagte. Es war ein Gefühl, das ich hatte, ein Gefühl, das sich in mir festgesetzt hatte, als du noch in meinem Leib herum schwammst.

Es war das Gefühl, das mir die Zuversicht gab, dass du überleben würdest.

15.Kapitel: Versorgung rund um die Uhr – Teil 1

Lieber Peter,

ich sollte dir mehr über deinen Alltag im Brutkasten erzählen. Den Alltag auf einer Kinder-Intensiv-Station empfand ich als hart. Alle zwei Stunden bekamst du zwei Milliliter Traubenzucker über eine Magensonde zugeführt. Egal, ob es Tag oder Nacht war. Das bedeutet zwölf Mahlzeiten pro Tag und dazugehöriger Nacht. Man steigerte schnell. Vor allem, als man merkte, dass du meine abgepumpte Milch gut vertrugst. Aus zwei Millilitern wurden schnell drei, vier und schließlich fünf. Ich pumpte auf der Entbindungsstation alle drei bis vier Stunden ab und ließ mich sogar von der Nachtschwester wecken, um auch nachts einmal zu pumpen.

Stillen oder nicht? Für mich war das keine Frage. „Wenn ich schon mein Kind nicht neun Monate austragen konnte, soll es wenigstens meine Muttermilch bekommen!" Schwestern und Ärzte bestärkten mich in dieser Ansicht: Muttermilch sei immer noch das Allerbeste für das Kind. Und die Muttermilch, die ich gerade produzierte, war gerade richtig für dich!

Also pumpte ich ab – mit dem Ziel, dich später einmal, wenn du kräftig genug warst, stillen zu können. Das Abpumpen war eine Technik für sich – recht zeitaufwändig. Alles musste steril sein – die Brustwarze, die Instrumente, die Tücher, mit denen man die Brust abtupfte. Man tupfte am besten mit destilliertem Wasser – „Aqua destillata" genannt -, das dem Krankenhaus in Flaschen aller möglicher Größen geliefert wurde. Alle 24 Stunden brach man eine neue Wasserflasche auf und warf die „alte" weg – so blieb alles steril.

Dich, mein lieber Peter, hatte man nach drei Tagen auf einem Frotteetuch endlich in einen Brutkasten gesteckt. Ein Brutkasten, auch „Inkubator" genannt, schützt vor Infektionen durch Keime. Und so wurdest du keimfrei aufgepäppelt.

Im Brutkasten kann eine höhere Umgebungstemperatur eingestellt werden. Frühgeborene benötigen diese feuchtwarme Umgebung, da sie ihre Körpertemperatur noch nicht selbständig regulieren können. Das merkte man sofort: es gab Tage, an denen du Fieber hattest, an anderen hattest du keines. Das beunruhigte Patrick und mich zuerst – aber irgendwann besserte sich diese Erscheinung und verschwand schließlich ganz.

In der warmen Umgebung eines Brutkastens liegen die Babys unbekleidet. So kann man sie besser beobachten und leichter behandeln. Alle zwei Stunden wurdest du nicht nur gefüttert, sondern auch gewickelt. „Pflegerunde" nannten die Schwestern das. Nach dem Wickeln pinselten sie dir den Mund mit einem Wattestäbchen aus, das mit Fencheltee getränkt war (vielleicht kommt daher deine noch jetzt bestehende Antipathie gegen Fencheltee?).

Das Auspinseln wurde als „Mundpflege" bezeichnet und war nötig, da die Nahrung ja über die Sonde direkt in deinen Magen transportiert wurde und gar nicht mehr in den Mund kam.

Patrick und ich als deine Eltern standen oder saßen neben dem Brutkasten und schauten schweigend zu, wie schnell die Schwestern die Windel entfernten, das Fieberthermometer einführten, dich reinigten, die Mundpflege vornahmen und schließlich die Muttermilch langsam durch eine Magensonde in deinen Magen beförderten. „Sondieren" nennt man das. Ab und zu wurde die Lage deines Körpers verändert — einmal lagst du auf dem Rücken, dann auf der Seite, dann auf dem Bauch.

Nach dieser Pflegerunde öffneten Patrick oder ich oder wir beide wieder zwei Türen am Brutkasten, die wie Bullaugen auf einem Schiff aussahen, und streichelten deine Hände. Natürlich hatten wir vorher unsere Hände mit „Sterilium" gesäubert. Man sagte uns, die Frühgeborenen mögen es, wenn eine Hand eines Erwachsenen schützend um den Kopf des „Frühchens" liegt, die andere unten an den Füßen. Diese Berührungen sollten Geborgenheit vermitteln.

Jedoch mochtest du lange keine Berührung am Kopf. Vielleicht, weil viel an deinem Kopf passierte.

Zum Beispiel so manche Bluttransfusion oder Infusion. Vor jeder Bluttransfusion wurden wir Eltern informiert und um unser Einverständnis gebeten.

Ansonsten sahst du lange aus wie ein „Satelliten-Baby" – total verkabelt.

Man hatte Patrick und mir ein Faltblatt mitgegeben, in dem erklärt wurde, welche Funktion welches Kabel hatte. So erfuhren wir, dass die drei kleinen Kleber auf deiner Brust wichtig waren. Von diesen Klebern aus führten kleine Kabel zu einem Gerät, das die Schnelligkeit des Herzschlags, also den Puls, maß.

Eine Blutdruckmanschette wurde abwechselnd an deinen Armen oder Knöcheln angebracht.

Ein anderer Sensor, der ebenfalls auf der Haut klebte, sollte den Sauerstoff- und Kohlendioxid-Gehalt im Gewebe und im Blut anzeigen. Dieser Sensor wurde regelmäßig gewechselt, um die Haut zu schonen. Man bezeichnete ihn auch als „Kapnode".

Werte, wie Puls und Herzschlag und so weiter, waren an den Geräten, die hinten an der Wand hingen, in Form von Kurven oder Leuchtzahlen sichtbar. Bei allen Überwachungsgeräten hatten Ärzte oder Schwestern Überwachungsgrenzen eingestellt. Da alle Geräte sehr empfindlich reagierten, kam es öfters zu Fehlalarmen. Zum Beispiel, wenn sich eines der Kinder im Brutkasten bewegte. Die Schwestern jedoch kannten zum Großteil diese Fehlalarme und wussten, wann sie zu dem jeweiligen Brutkasten zu springen hatten und wann nicht.

Und schließlich hattest du eine Magensonde, die jeden Tag gewechselt wurde. Sie führte in ein Nasenloch und dann direkt in den Magen. In der Nase steckte auch ein Beatmungsgerät, „Tubus" genannt.

Das führte dazu, dass du nicht den Kopf bewegen konntest, wie du wolltest, was dich später – wenn du wach warst – ungemein störte. Der Tubus war ein Schlauch, der über die Nase in die Luftröhre eingeführt wurde. Mit einem weißen Pflaster hatten die Ärzte den Tubus fixiert. Ein intubiertes Kind kann nicht schreien, da der Tubus die Stimmritzen blockiert.

16.Kapitel: Ein Häufchen Mensch

Lieber Peter,

du wirktest während der ersten Wochen deines Lebens so klein und zerbrechlich. Nein, nicht wie eine Porzellanpuppe. Ein „Frühchen" wirkt noch zerbrechlicher.

„Schauen Sie nur – Peter hat viele Wasserablagerungen im Körper!", meinte eine Schwester zu Patrick und mir und legte dich auf den Bauch. Die dünne Haut um deine Ärmchen und Beinchen wies tatsächlich Wasserablagerungen auf. Und auch am Kopf waren welche zu sehen. Die Wasserablagerungen mussten verschwinden – das sahen wir ein. Aber dann würdest du, ein 800-Gramm-Baby, ja noch leichter werden!

Anfangs trauten wir uns kaum, dich anzufassen. Gerade, weil du so klein warst und so zerbrechlich wirktest. Aber die Schwestern ermutigten uns. So nahmen wir vorsichtig deine kleinen Händchen in unsere. Und wir triumphierten innerlich, als wir einen kleinen Druck von deiner Seite spürten.

Ein Lebenszeichen!

Tagelang nach deiner Geburt lagst du im Dämmerschlaf, betäubt durch Medikamente, was natürlich auch für meinen Gesundheitszustand nicht hilfreich war.

Die Medikamente gibt man den Frühgeborenen, weil sie sich sonst gegen all die Kabel und Schläuche, die nach der Geburt an ihnen und in ihnen befestigt werden, wehren könnten. Schwestern erzählten, du hättest einmal für einen kurzen Moment die Augen geöffnet – leider gerade zu einem Zeitpunkt, als ich nicht auf der Kinder-Intensiv-Station weilte.

Tag für Tag sah ich dich, das gleiche stumme Kind, und fragte mich, ob du wohl jemals die Augen öffnen, schreien und strampeln würdest. Man konnte sich das schlecht vorstellen! Ärzte und Psychologen kümmerten sich um mich und redeten mit mir.

„Sie fragen sich sicher: Was hätten Sie als Vorbeugung gegen die Gestose tun können?", dozierte Professor Dr. Hampel vor meinem Bett. „Sie hätten gar nichts tun können – die Gestose kommt aus heiterem Himmel. Wir haben das Kind noch rechtzeitig geholt! Hätten wir nur einen Tag gewartet, hätte Ihr Kind schwerstbehindert sein können oder wäre sogar gestorben!"

Diese Tatsache befriedigte mich nicht ganz. Denn noch immer nagten Schuldgefühle an mir. Noch immer fühlte ich mich als schlechte Mutter, die nicht fähig war, ihr Kind neun Monate lang auszutragen.

„Sie werden sehen – Peter öffnet die Augen und wird sich bewegen! Er bleibt nicht so wie jetzt!", meinte eine Diakonin, namens Frau Lohmüller, eindringlich. Sie saß neben meinem Bett und trocknete meine Tränen. Und am Schluss beteten wir noch gemeinsam.

Mir ging es jeden Tag ein bisschen besser, auch wenn mich die Infusion quälte, die Kaiserschnittwunde schmerzte und zwickte und die Ärzte oft mein Blut untersuchten. Zwei Tage nach deiner Geburt kämpfte ich mit dem sogenannten „HELLP-Syndrom" – einer Nebenerscheinung der „Gestose". Dabei verringert sich die Zahl der Blutplättchen plötzlich rasant. Dagegen tun kann man nichts (so sagte man mir) – nur das Blut beobachten. Deswegen nahmen mir die Ärzte dreimal an einem Tag Blut ab. Zum Glück überlegten sich meine Blutplättchen, sich wieder zu vermehren.

Ich begab mich jeden Tag ein oder zwei Male neben deinen Brutkasten und redete und redete zu dir, meinem bisher stummen Kind. Zum Beispiel Sätze, wie „Du wirst es schaffen!" und „Du bist ein Kämpfer!" Ich hatte dich doch in meinem Bauch gespürt, ich hatte schon von Anfang deines Daseins an gefühlt, dass du mit jeder Faser deines kleinen Körpers am Leben hingst. Du wolltest leben, und ich bat dich eindringlich vor dem Brutkasten, es zu tun.

Eine Woche nach deiner Geburt bekam ich mit, wie du mit offenen Augen schriest und strampeltest! Mein bisher stummes Baby war munter, es lebte! Man hörte dich zwar akustisch nicht schreien – wegen des Beatmungsschlauches. Dein Gesicht jedoch sprach Bände. Deine Augen waren zusammengekniffen und dein Mund zum Schreien geöffnet. Du drück-test deutlich dein Missfallen über zwei Schwestern aus, die dir mit einem Schlauch (Absaugkatheder) Schleim absaugten.

Dieser Schleim bildete sich in der Lunge und in der Luftröhre und musste mehrmals täglich abge-saugt werden, damit er den Tubus nicht verstopfte. Leider war diese Absaug-Prozedur nicht angenehm – kein Baby mochte sie und schrie währenddessen.

Ich sah die Pein in deinen Augen. Deine Augen waren nur schwarze Punkte – es gab noch keinen Übergang zwischen Augapfel und Pupille. Ich sah dich schreien – lautlos schreien. Und beinahe hätte ich mit dir geweint. Es schmerzte mich, dass du Schmerzen littest – aber gleichzeitig war ich glücklich, denn ich erkannte: dies ist mein Kind, ein von mir losgelöstes Wesen – und es lebt!

Diese Tatsache erleichterte mich, und am Abend erzählte ich Patrick alles am Telefon.

Von da an hattest du, mein lieber Peter, längere Wachphasen. Du erkanntest mich, wenn ich dich be-rührte, du erkanntest mich, wenn ich sprach. Du öff-netest deine Augen, wenn du Lust dazu hattest.

„Frühchen" sind äußerst schreckhaft – und du machtest keine Ausnahme. Oft zucktest du überra-schend zusammen, besonders dann, wenn man nicht damit rechnete. Patrick und ich wurden ermahnt, nicht auf deinen Brutkasten zu klopfen. Diese Klopf-geräusche empfindet das darin liegende Baby um ein Mehrfaches lauter, und so bewegten wir uns sehr behutsam um deinen Brutkasten herum.

17.Kapitel: „Frühchen-Eltern" sind anders als andere Eltern

Als „Frühchen"-Eltern wird man nicht geboren, man kann sich nicht langsam in die Materie hinein-finden – nein, als „Frühchen-Eltern" (das sind die Eltern eines früh geborenen Kindes) wird man mit Tatsachen konfrontiert, an die man vorher nie im Traum dachte. Also in eine ungewisse Zukunft hinein-geworfen. Und dann heißt es: „Jetzt schwimme mal!"

Patrick und ich waren nicht gerade achtlos an Kindern während unserer sonntäglichen Spaziergänge vorbeigeschlendert. Aber, als ich schwanger war, be-obachteten wir beide Kinder aufmerksamer. Anfangs sahen wir verstohlen, bald immer neugieriger in fremde Kinderwagen und machten uns Gedanken. Würde unser Kind auch so hübsch aussehen wie die Kinder in den Kinderwagen?

Du, mein lieber Peter, verändertest dich relativ schnell. Mir halfen viele Gespräche mit Frau Boge-mann, der Leiterin des hiesigen Frühgeborenen-Vereins. Diese Dame stürmte jeden Donnerstag in die Kinder-Intensiv-Station und in die Frühgeborenen-Station und versuchte, mit Müttern in Gespräch zu kommen.

Sie versuchte, ihnen Trost zu spenden, ihnen von den Frühgeborenen zu erzählen, deren Mütter immer noch eifrig die Vereinssitzungen besuchten. Dabei hatten sich die meisten Kinder gut entwickelt, was auch ein Fotoalbum demonstrierte, das Frau Bogemann mit sich führte.

„Sven – 4 Wochen," las ich unter einem Farbfoto, das ein verkabeltes früh geborenes Baby im Brutkasten zeigte. Dann „Sven – 4 Jahre alt" unter einem weiteren Farbfoto, das einen lachenden Jungen zeigte, der als Indianer verkleidet war und offensichtlich Spaß hatte. Da gab es doch noch Chancen für dich für ein normales Leben, mein lieber Sohn, – auch wenn man das jetzt noch nicht sehen konnte.

Deine braune Geburtshautfarbe verschwand und auch die Wasserablagerungen an Armen, Beinen und dem Kopf. Zum Vorschein kam ein blasses Minibaby. Ja, nun sahst du den Babys, deren Anblick wir von unseren Spaziergängen, aus Eltern-Zeitschriften, vom Fernsehen und so weiter kannten, ähnlich. Nur sehr klein warst du.

Eines Morgens wehrtest du dich schreiend (was wir immer noch nicht hören konnten) gegen den Beatmungsschlauch in deiner Nase, bis das Gerät an der Wand, das deine Atmung anzeigte, verrücktspielte. Die Schwestern holten einen Arzt, der dich von dem Beatmungsschlauch befreite. Konntest du tatsächlich schon alleine atmen? Nein, leider nicht. Kurze Zeit später registrierte das Anzeigegerät an der Wand gravierende Atemabfälle – ein lautes Piepen war zu hören und du erhieltst „deinen" Schlauch wieder.

Nach sieben Tagen Infusionen mit Magnesium, elf Tagen Thrombosespritzen, vielen Schmerzen und psychischer Qualen konnte ich nach insgesamt 14 Tagen Krankenhausaufenthalt entlassen werden. Ich zog in ein Stillzimmer im so genannten „Mutterhaus" auf dem Krankenhausgelände. Dort, in einem Wohnheim für Diakonissen im Ruhestand vermietete man auch diese Stillzimmer.

So konnte ich mich weiterhin erholen und jeden Tag einige Male zu dir auf die Kinder-Intensiv-Station gehen, um mit dir zu reden, deine Händchen zu halten und deine weitere Entwicklung zu beobachten.

Patrick vermisste mich. Wir träumten beide von einem geregelten Leben in Aliceberg und nicht von einer Wochenend-Ehe. Aber im Moment ging es eben nicht anders. Auf längere Sicht strebten wir eine Verlegung von dir in das Krankenhaus in der nächstgelegenen Großstadt, nämlich in Bronislawville, an. Allerdings warst du noch zu klein und nicht transportfähig. Dein großes Problem war nicht das Wachstum — manchmal verzweifelt man, wenn man sieht, wie lange es dauert, bis diese winzigen „Frühchen" nur ein paar Gramm zunehmen! Nein, es waren die „Bradykardien", auf Deutsch „Atemabfälle" genannt. Ein Fachbuch erklärt den Begriff „Bradykardie" folgendermaßen — und ich will hier nicht zitieren, sondern meine eigenen Worte wählen: Bei einer Bradykardie sinkt immer wieder einmal der Herzschlag beim früh geborenen Baby ab. Dadurch können Atempausen vorkommen. Diese Atempausen nennt man in der Fachsprache „Apnoe".

Nach drei Wochen im Brutkasten hatte man endlich deinen Atemschlauch entfernt. Du lagst im Brutkasten neben einem Sauerstoffbeutel und versuchtest, selbständig zu atmen. So nach und nach hörte man auch dein Stimmchen, wenn du schriest. Erst heiser, dann immer lauter. Kein Wunder, durch den Atemschlauch waren die Stimmbänder noch angegriffen und mussten sich erst erholen. Du atmetest tapfer – aber, wie es bei „Frühgeborenen" in deinem Alter vorkam, „vergaßest" du auch zu atmen. Und dann hupte und schrillte wieder eine der Kontrollmaschinen. Im Mutterleib übernimmt die Mutter das Atmen für ihr Baby oder für ihre Babys. Da du nicht mehr im Mutterleib warst, hattest du viel zu lernen, musstest du viele „Dinge" selbst tun. Und zu diesen Dingen gehörte das Atmen.

Hattest du eine „Bradykardie", rannten die Schwestern zum Brutkasten, rissen eines oder mehrere der „Bullaugen" auf und versuchten, dich wieder zum Weiteratmen zu stimulieren.

Möglichkeiten gab es genug, zum Beispiel Kitzeln an den Fußsohlen oder das Streichen über die Kopfhaut. Eine bestimmte Anzahl von „Bradykardien" tolerierte man, das Ziel war jedoch auf lange Sicht, dass du kontinuierlich atmetest.

War ich bei einer dieser „Bradykardien" anwesend, kitzelte ich dich an deinen Füßen. Abends, bevor ich zu Bett ging, las ich ein Buch über Frühgeborene. Es gibt tatsächlich Frühgeborene, die mit einem Monitor nach Hause entlassen werden, wenn sie während ihrer Zeit im Krankenhaus nicht lernen, kontinuierlich zu atmen. Ein Monitor kontrolliert die Atmung und warnt die Eltern, wenn sich die Atmung ihres Kindes verändert.

Würdest du auch zu Hause einen Monitor brauchen? Ich hoffte nicht! Und so hoffte ich auf ein Wunder.

18.Kapitel: Versorgung rund um die Uhr
– Teil 2

Lieber Peter,

weißt du, dass ich dich sehr gerne stillen wollte? Man hatte mir eine tragbare Milchpumpe ausgeliehen – eine Spende des hiesigen Frühgeborenen-Vereins in June-Burg unter Leitung von Frau Bogemann. Alle zwei bis drei Stunden pumpte ich meine Muttermilch ab wie eine Weltmeisterin.

Fast schon fühlte ich mich wie eine Milchkuh, aber was tat ich nicht alles für dich, meinen Sohn? Der Gedanke, du würdest meine Milch bekommen, du würdest dadurch zunehmen, du würdest wachsen und gedeihen, motivierte mich, mit dem Stillen nicht aufzuhören. Ich trank kistenweise Mineralwasser mit wenig Kohlensäure, Stilltees und Fencheltee.

Frau Bogemann, selbst „Frühchenmutter" eines unterdessen quicklebendigen 5-jährigen Jungen, der scheinbar keinerlei Schäden durch seine zu frühe Geburt davongetragen hatte (außer, dass er etwas kleiner war als die anderen Kinder seines Alters), wusste, wie man die Milchmenge steigern konnte: Trinken von Spezialtees aus der Apotheke – auf gar keinen Fall Pfefferminztee trinken – viel Mineralwasser trinken – versuchen, in kürzeren Abständen zu pumpen, zum Beispiel alle zwei Stunden.

Ich war dazu bereit – ich träumte, dich später einmal an meine Brust anlegen zu können und dich zu stillen. So, wie so viele andere Mütter es auch taten. Stillen war umweltfreundlich, Stillen war billig, und Stillen schuf jenes besondere Verhältnis zwischen

Mutter und Kind, das bei dir und mir jäh durch die Schwangerschaftsvergiftung (Gestose) unterbrochen worden war.

Jedoch war nach meiner Entlassung aus dem Krankenhaus in June-Burg der sprichwörtliche „Wurm" in meiner Muttermilch drin. Auf der Entbindungsstation schien alles perfekt – die Milch war keimfrei, meine Ernährung wirkte sich positiv auf meine Muttermilch aus.

Jede Woche wurde die Milch von einer Spezialabteilung im Krankenhaus geprüft. War sie gut genug? Konnte man sie mit einem guten Gewissen einem früh geborenen Baby über die Magensonde füttern? Als ich das Krankenhaus verlassen hatte, war meine Milch auf einmal nicht mehr gut genug für dich. Ich befolgte beim Abpumpen alle Ratschläge, die man mir gegeben hatte. Grundvoraussetzung war eine saubere Arbeitsweise.

Also, Hände mit „Sterilium" einreiben, dann Brustwarzen mit destilliertem Wasser abreiben, auch die Vorhöfe. Ein steriles Pump-Set mit Trichter, Schläuchen und weiteren Kleinteilen auf die Pumpe aufsetzen. Die Pumpe einschalten, die ideale Pumpgeschwindigkeit und Stärke des Abpumpvorgangs einstellen. Alles stimmte, alles hatten mir die Schwestern so gezeigt – was lief auf einmal falsch?

Ich pumpte und pumpte, ich trank viel und aß die richtige Nahrung. Ich schwatzte den freundlichen Diakonissen im Ruhestand im Mutterhaus einen Platz in einem Gefrierfach ab, um die Milch einzufrieren. Wenn man die Milch sofort nach dem Pumpen einfror, war die Wahrscheinlichkeit, dass sich Keime

98

entwickelten, sehr gering. Denn am meisten Keime entwickelten sich leider durch den Vorgang des Abpumpens – durch den Weg, den die Milch durch den Schlauch bis hin zu dem Gläschen nahm.

Das erklärte man mir, und vielleicht erklärte dies auch die Tatsache, dass man im Krankenhaus bei Müttern, die ihre Babys direkt an die Brust anlegen konnte, weniger oft die Milch kontrollierte. Denn da landete die Milch direkt von der Brust in den Mund des Babys.

Doch meine Muttermilch schien wie verhext. Auf einmal fanden die Spezialisten im Krankenhaus in June-Burg Unmengen von Keimen. Eine gewisse Anzahl Keime könne man tolerieren, diese würden dir auch keinen Schaden zufügen – aber ich hatte einfach zu viele davon! Woher kamen sie?

Es handelte sich um Hautkeime, antwortete man mir. Wie entstanden sie? Durch meine trockene Haut, hervorgerufen durch die Neigung zur Neurodermitis? Niemand konnte die Frage genau beantworten. Tatsache war: die Keime waren da, wie konnte man sie verringern?

Ich kippte literweise destilliertes Wasser über meine Brüste vor jedem Abpumpvorgang. Das half nichts – man fand immer noch eine Million Keime. Und das war zu viel.

Frustriert sah ich zu, wie man meine sorgsam eingefrorene Milch wegkippte – die Produktion von vielen Tagen vernichtete ... Meine Muttermilch-Produktion verringerte sich dadurch.

Ich pumpte auf der Kinder-Intensiv- und auch Frühgeborenen-Station ab, ich holte mir Krankenschwestern als Zeuginnen, die mir beim Pumpen zusahen. Alles liefe korrekt ab, sagte man mir. Ich mache meine Sache schon richtig. Das half nichts – man fand immer noch eine Million Keime. Und das war zu viel.

Frustriert sah ich wieder zu, wie man meine sorgsam eingefrorene Milch wegkippte – die Produktion von vielen Tagen vernichtete... Meine Milch wurde weniger, ich verlor die Lust am Milch-Abpumpen.

Mich packte die Wut. Was waren das für blöde Ärzte, die dauernd irgendwelche Keime fanden? Machten sie das als Hobby, mochten sie etwa keine Frauen? Warum fanden sie ausgerechnet bei mir ständig Keime und bei anderen Frauen nicht?

Ich rappelte mich noch einmal auf, biss die Zähne zusammen und machte weiter. Ich goss die Muttermilch der rechten Brust in ein Extra-Glas, die Muttermilch der linken Brust in ein anderes Glas. Von da an verschloss ich nach jedem Abpumpvorgang zwei Gläschen mit Muttermilch statt einem, wie vorher. Denn vielleicht war nur die Milch einer Brust sehr verkeimt und man konnte die Milch der anderen Brust verwenden?

Ein Hoffnungsschimmer! Ich beschriftete die Gläschen sorgfältig und trug sie in ein Gefrierfach. Aber das Ergebnis von Untersuchungen brachte: wieder zu viele Keime! Außerdem entdeckte man einen Eitererreger. Nanu – woher kam dieser denn? Ich war verzweifelt. Automatisch hatte sich meine Milchproduktion verringert, nur noch ein paar Tropfen presste ich aus meinen gepeinigten Brüsten. Und nun hatte ich mir eine Brustinfektion eingefangen!

Man riet mir, einen Frauenarzt in June-Burg aufzusuchen. Ich befolgte den Rat und rannte zu einem Arzt, der mir Antibiotika verschrieb. Diese schluckte ich zehn Tage lang. Die Milch, die ich in dieser Zeit abpumpte, warf ich weg.

Aus wenigen Tropfen Muttermilch wurden sehr wenige Tropfen Muttermilch.

Ich studierte ein Buch übers Stillen – einen Klassiker, der sich im Laufe der Jahre oft verkauft hatte. Jederzeit könne man die Milchproduktion der Brüste wieder ankurbeln, versprach die Verfasserin. Lasse man ein Baby zum Beispiel an einem Tag an einer Brustwarze ziehen, werde die Brust am nächsten Tag vor Milch beinahe platzen. Selbst, wenn man ein Baby adoptiert habe, könne man so eine Milchproduktion in Gang setzen, auch wenn man gar nicht schwanger war!

Leider war das nur Utopie – es klang auch zu einfach, um wahr zu sein! Als du, lieber Peter, am 18. Juli endlich in die Klinik in Bronislawville in der Nähe von Aliceberg verlegt werden konnte, erklärte man mir: „Wir haben hier im Hause eine Milchküche. Die Muttermilch jeder ‚Frühchen-Mutter' wird verwendet – egal, wie verkeimt sie ist. Sie wird so lange abgekocht, bis die Keime verschwunden sind. Dann reichern wir sie mit Calcium, Phosphor und anderen Zutaten an." Man war der Meinung, dass diese abgekochte und angereicherte Muttermilch immer noch besser war als die Milch, die aus gekauftem Milchpulver und abgekochtem Wasser hergestellt wird.

Hier hörten Patrick und ich natürlich von der Super-Version eines stillfreundlichen Krankenhauses! Aber für meine Muttermilch gab es keine Rettung mehr. Die wenigen Tropfen, die ich täglich aus der Brust presste, blieben schließlich ganz aus. Egal, wie sehr ich meine Brüste mit der Milchpumpe strapazierte, egal, wie viel Milchbildungstee ich trank, egal, was ich anstellte.

Und auch meine Periode stellte sich wieder ein. Das bedeutete das endgültige Aus für meine Muttermilch! Tja, hätte das Krankenhaus in June-Burg seinem Ruf als „stillfreundliches Krankenhaus" alle Ehre gemacht und die einst vorhandene Milchküche nicht geschlossen, dann hättest du, lieber Peter, lange gestillt werden können!

Man sagt, dass erst in der 34. Schwangerschaftswoche die Babys im Mutterleib ihren Schluckreflex ausbilden. Bis zu diesem Zeitpunkt erhieltst du deine Nahrung ausschließlich über die Magensonde. Auch Patrick und ich wurden angelernt, dich zu sondieren. Immer nur zwei Milliliter auf einmal, dann einige Minuten warten. Du konntest nicht schmecken, was dir da eingeflößt wurde. „Alfare" nannte sich diese Milch – spezielle Milch für Frühgeborene. Einige Schwestern in dem Krankenhaus in June-Burg hatten schon diese Milch probiert – einfach, um mitreden zu können. Um zu wissen, was sie den kleinen Wesen im Brutkasten fütterten. Den Schwestern schmeckte diese Milch absolut nicht. Immerhin wurden die Babys damit zwölfmal am Tag gefüttert – also alle zwei Stunden. Egal, ob es Tag oder Nacht war.

Ab der 34. Schwangerschaftswoche, also sieben bis acht Wochen nach deiner „Zwangsgeburt" per Kaiserschnitt, versuchten die Schwestern, dir am Anfang deiner Mahlzeit einige Milliliter Milch mit einem Sauger in den Mund einzuflößen. Als Lätzchen erhieltst du einen größeren Tupfer, denn anfangs floss immer die Hälfte der Milch nicht in deinen Mund, sondern tropfte auf deine Brust oder deinen Hals.

Aber bald klappte es, dass du dir mehr Milch aus dem Sauger holtest, die eine Schwester langsam aus einer Spritze hinein träufelte. du lerntest so auch, deine Nahrung zu schmecken. Die Fütterung über den Sauger war eine Geduldsprobe – aber sie lohnte sich. Wollten Patrick und ich dich, unser Kind, ein Leben lang über die Magensonde ernähren? Nein!

Später erhieltst du deine Nahrung über eine Babyflasche. Auch ohne Muttermilch nahmst du trotzdem zu. Am Anfang vollzog sich die Gewichtszunahme sehr langsam. Die Waage kroch auf 1.000 Gramm, aber, nachdem du dieses Gewicht erst einmal erreicht hattest, nahmst du schneller zu – beinahe täglich! Und als dein Gewicht 2.000 Gramm überschritten hatte, geschah die Gewichtszunahme rasant!

Du nahmst an einem Tag 50 bis 100 Gramm zu, so dass ich zum Spaß eine Rechenaufgabe konstruierte und diese den Schwestern auf der Kinder-Intensiv-Station stellte: „Wenn Peter pro Tag 70 Gramm zunimmt, wie viel wiegt er dann im Alter von 20 Jahren?"

Alle lachten – es tat so gut, wieder einen Witz machen zu dürfen!

19.Kapitel: „Kangarooing"

Mein lieber Peter,

ein „Frühchen" hat viele Nachteile gegenüber so genannten „reif geborenen" Babys. Vielleicht wirst du das selbst einmal begreifen, vielleicht wirst du das selbst einmal feststellen. Ein „Frühchen" wird lange Wochen im Brutkasten hochgepäppelt und muss schon bald viele Tätigkeiten selbst verrichten, die eigentlich von seiner Mutter im Mutterleib hätten übernommen werden sollen.

Ein solches Baby wurde plötzlich aus der Wärme im Mutterleib gerissen – aus der Nähe der Mutter. Deswegen hatten Ärzte und Psychologen sich Gedanken gemacht, wie sie die Nähe zur Mutter für diese Babys wieder herstellen konnten – auf den Kinder-Intensiv- und Frühgeborenen-Stationen der Krankenhäuser. Und so hatte man das „Kangarooing" entdeckt. Kängurus, eine der Beuteltierarten Australiens, galten hier als Vorbild. Eine Känguru-Mutter trägt ihr Kind nach der Geburt in einem Beutel ganz nah an ihrem Leib. Warum sollte diese Art der Nähe nicht ebenfalls gut für ein früh geborenes Baby sein?

Auch das große Krankenhaus in June-Burg praktizierte und praktiziert immer noch „Kangarooing" in der Kinder-Intensiv- und Frühgeborenen-Station.

Bis zur ersten „Kangarooing"-Stunde ist es jedoch oft ein weiter Weg. Bestimmte Voraussetzungen müssen erfüllt sein. So soll zum Beispiel das Kind einigermaßen gut atmen, es darf nicht mehr so oft Fieber bekommen und natürlich gerade nicht krank sein. Ein Kind, das am Beatmungsschlauch oder

„CBAB" hängt, konnte im Krankenhaus in June-Burg nicht „Kangarooing" mit seiner Mutter oder seinem Vater machen.

Ja – es ist egal, ob Mutter oder Vater „Kangarooing" mit ihrem Kind praktizieren. Das früh geborene Baby kennt und erkennt beide Stimmen – wichtig für das Kind ist es, Geborgenheit und Körperwärme zu spüren.

Es war nicht so, dass du nie aus dem Brutkasten genommen wurdest. Einmal täglich wurde jedes Baby gewogen und das Gewicht notiert. Dazu wurden die Kinder aus dem Brutkasten genommen. Man badete die „Frühchen", wenn sie gesundheitlich einigermaßen stabil waren. Das Baden geschah in einer Rührschüssel im Brutkasten. Es wurde meistens von den Nachtschwestern in den frühen Morgenstunden erledigt.

Beim „Kangarooing" wird das Baby auf die Brust der Mutter oder des Vaters gelegt. Deswegen sollten Mutter oder Vater eine Bluse/ ein Hemd/ein T-Shirt tragen, das man oben aufknöpfen oder anderweitig öffnen kann. Auch sollten Mutter oder Vater sich nicht parfümieren. Für das Kind ist es wichtig, seine Eltern zu riechen – so, wie sie natürlich riechen.

Mutter oder Vater setzen sich auf einen bequemen Liegestuhl. Das Baby bleibt mindestens eine halbe Stunde auf der Brust von Mutter oder Vater liegen – zugedeckt mit einem Fell, auf dem Kopf ein Mützchen. Je länger eine „Kangarooing"-Sitzung dauert, desto besser für das Baby. Man hat festgestellt, dass diese Methode für Eltern und Kind sehr gut ist –

sie fördert die Zusammengehörigkeit zwischen Eltern und Kind.

Es ist für eine Mutter und einen Vater wirklich etwas anderes, den kleinen Körper ihres und seines Kindes zu fühlen, seinen Atem zu spüren, das Kind am ganzen Körper, außerhalb des Brutkastens, berühren zu können. Dieses Gefühl ist etwas viel Großartigeres als das, wenn man nur seine Hand in den Brutkasten schiebt und das Kind an verschiedenen Körperstellen mit der Hand berührt.

Bei dir, lieber Peter, dauerte es lange, bis du selbständig atmen konntest. Aber du wolltest wirklich atmen – ohne Atemhilfe. Das klappte anfangs jedoch nicht. Du hasstest den Schlauch, den man dir als Atemhilfe in die Nase gesteckt hatte. Also atmetest du tapfer vor einer Sauerstoffflasche. Später installierte man in deinem Brutkasten eine Art Luftkissen, das sich nach oben und nach unten bewegte. Nach oben, wenn es sich aufpumpte. Nach unten, wenn die Luft wieder entwich. Dieses Luftkissen sollte dich daran erinnern, das Atmen nicht zu vergessen.

Die Atmung der „Frühchen" und der anderen Babys im Brutkasten wurde durch sehr empfindliche Geräte kontrolliert. „Vergaß" ein Baby zu atmen – hatte es also eine „Bradykardie" – ertönte gleich ein lautes Piepen, eine Schwester kam her gerannt, riss zwei der „Bullaugen" am Brutkasten auf und stimulierte das Baby. Zum Beispiel durch Kitzeln der Füße, Hochreißen des Oberkörpers – es gab viele Möglichkeiten, wie schon erwähnt.

Eine gewisse Anzahl von Atemabfällen („Bradykardien") durftest du, lieber Peter, haben – bedingt durch deine „Frühgeburtlichkeit" (diesen Ausdruck verwendeten die Ärzte sehr gerne, obwohl er nicht im „Duden" steht) und deine damit verbundene Unreife. Aber man erwartete, dass diese Atemabfälle im Laufe der Zeit abnehmen würden.

Du atmetest immer besser, auch die Fieberanfälle hatten abgenommen – du konntest also deine Körpertemperatur besser regulieren. So verkündigte Schwester Marlene mir eines Morgens:

„Ziehen Sie sich heute Nachmittag ein Oberteil zum Knöpfen an – dann bekommen Sie Ihr Baby zum ‚Kangarooing'."

Mein Herz hüpfte vor Vorfreude. Ich hatte schon andere Eltern beobachtet, die „Kangarooing" mit ihrem Kind praktizierten. So zum Beispiel die Eltern des kleinen Mädchens Mahalia, das bereits in der 24. Schwangerschaftswoche in Ulderdingen das Licht der Welt erblicken musste. Ihre Eltern kamen offensichtlich aus einem arabischen Staat. Die Schwestern schleiften einen bequemen Liegestuhl herbei, in dem die Mutter Platz nahm. Vorsichtig öffnete eine Schwester den Brutkasten und hievte das Baby Mahalia mit all seinen Kabeln und Schläuchen heraus, direkt auf die Brust der Mutter. Die Mutter strahlte – man sah das Glück richtiggehend aus ihren Augen leuchten. Am nächsten Tag erschien auch der Vater mit der Videokamera und hielt das „Kangarooing" für die Nachwelt fest.

Und am folgenden Tag wurde dieses Mädchen in die Frühgeborenen-Station verlegt. Man brauchte Platz auf der Kinder-Intensiv-Station. Viele Kinder lagen nur dort zur Beobachtung – höchstens eine

Woche. Frühgeborene Babys lagen dort einige Monate. Aber man hatte nur vier Pflegeplätze für Babys zur
Verfügung. Wenn also ein Neuzugang in die Kinder-
Intensiv-Station aufgenommen werden musste und
kein freier Platz auf der Station zur Verfügung stand,
wurde eine schnelle Entscheidung gefällt:

„Welches Baby ist stabil genug, um in die Frühgeborenen-Station verlegt zu werden?" Alles hatte
schnell zu geschehen, und so wählte man ein Baby
aus und brachte es in die Frühgeborenen-Station einen Stock tiefer.

Patrick und ich wussten genau: wenn du, lieber
Peter, soweit warst, dass man dich guten Gewissens
eine halbe Stunde aus dem Brutkasten zum „Kangarooing" nehmen konnte, dann entwickeltest du dich
gut. Dann lag die nächste Stufe in deiner Entwicklung
– die Verlegung in die Frühgeborenen-Station nicht
mehr in allzu weiter Ferne.

Ich erschien also am Nachmittag in der Kinder-
Intensiv-Station. Schwester Dagmar brachte mir einen Liegestuhl, der vorsichtig zwischen deinem Brutkasten und dem Brutkasten von Baby Manfred ge-
schoben wurde. Manfred war ebenfalls ein „Frühchen", seine Mutter hatte ihn wegen eines Blasen-
sprungs vorzeitig auf die Welt bringen müssen. Von
Manfred soll noch in einem späteren Kapitel die Rede
sein.

Ich nahm entspannt im Liegestuhl Platz und öffnete einige meiner Blusenknöpfe. Schwester Dagmar
überreichte mir ein Gerät, aus dem Sauerstoff entwich. „Das halten Sie Peter vor die Nase", meinte sie.
Anschließend öffnete sie deinen Brutkasten und holte

dich vorsichtig heraus. Du lagst schon lange nicht mehr „nur" nackt im Brutkasten, nein, die Schwestern zogen dir unterdessen hübsche Strampelanzüge an – alle Eigentum des Krankenhauses. In dieser Kleidung sahst du richtig süß aus!

Schwester Dagmar legte dich, mein „Kabelbaby", vorsichtig auf meine Brust. Du lagst auf dem Bauch, die Sauerstoffflasche musste richtig vor deiner Nase platziert werden. Mit der rechten Hand stützte ich dich, du trugst ein Käppchen. Über dich war ein Fell als Decke gebreitet. Mit der anderen Hand hielt ich die Sauerstoffflasche. Ich merkte erst, wie klein du eigentlich noch warst, als du dort auf mir lagst und ich nur dein Köpfchen, über das eine bunte Wollmütze gestülpt war, sah.

Du fingst an zu schreien. Für dich war die Situation neu. Du wusstest vielleicht nicht, warum du auf einmal draußen warst. Was solltest du da draußen? Warum lagst du auf einmal auf der Brust deiner Mami?

„Na – was ist denn das? Zwergenaufstand?", witzelte Frau Dr. Michels, eine der Kinderärztinnen, und betrachtete dich, das Mini-Baby. Du versuchtest, dich durch Strampeln und Krabbeln in eine für dich angenehme Lage zu bringen. Dabei schriest du – und zwar recht laut. Die Schwestern wunderten sich, wie laut du schreien konntest. Kein Wunder, wenn Babys im Brutkasten sind, klingt ihr Schreien viel leiser.

Leider herrschte an diesem Tag reger Verkehr auf dieser sonst ruhigen Kinder-Intensiv-Station. Außer einigen Eltern, die ihre Kinder besuchten, und der Diakonin Frau Lohmüller erschienen. Frau Bogemann und ein Geschwader Assistenzärzte, die es sich heute zur Aufgabe gemacht hatten, die Station zu besichtigen.

Alle fragten mich, wie ich mich fühle. Tja, wie fühlt man sich, wenn man zum ersten Mal Körperkontakt mit seinem Kind hat? Großartig! „Mir gefällt ‚Kangarooing‘!" erklärte ich Frau Lomüller.

Auch den Assistenzärztinnen, von denen ich noch einige aus meiner Zeit auf der Entbindungsstation kannte, erklärte ich: „Mir gefällt ‚Kangarooing‘ wirklich gut!" Und ich erklärte Frau Bogemann, dass mir „Kangarooing" gut gefalle.

Mit so viel Trubel an diesem Nachmittag hatte natürlich niemand gerechnet. Die „Krönung" stellte eine Garnison Röntgenärzte dar, die mit einem großen Gerät auf dieser recht kleinen Station erschien und mit einer wegwerfenden Handbewegung alle anwesenden „Gäste" nach draußen scheuchte:

„Wir müssen Röntgenaufnahmen von Baby Winfried F. machen. Bitte alle nach draußen gehen!"

Oh ja, das kannten Patrick, ich und all die anderen „Frühchen-Eltern" schon. Auf dieser Station kam es immer wieder vor, dass man sie plötzlich verlassen musste. Zum Beispiel, wenn Visite war. Denn dann wurde über alle Babys geredet, es wurden neue Therapien besprochen. Und das ging nur das Pflegepersonal und die jeweiligen Eltern etwas an. Oder, wenn ein operativer Eingriff an einem Baby vorgenommen werden musste. Dazu brauchte man Konzentration und bitte keine Gäste!

Oder, wenn ein Neuzugang aufgenommen werden musste. Dann huschten die Schwestern wie aufgescheuchte Rehe emsig durch die Räume, organisierten einen sauberen Brutkasten, suchten etliche Geräte und Schläuche und andere Dinge zusammen.

In diesen Momenten standen Gäste natürlich nur im Weg.

Auch Röntgen war ein Grund für Gäste, die Station zu verlassen zu müssen. Dummerweise lagst du, lieber Peter, an diesem Nachmittag erst knapp zwanzig Minuten auf meiner Brust und fühltest dich nach anfänglichem Schreien endlich sichtlich wohl. „Kangarooing" unter 30 Minuten machte wenig Sinn. Was nun?

„Warten Sie draußen – wir sind bald fertig!", verkündeten die Röntgenärzte.

In fliegender Hast entriss Schwester Dagmar dich mir und stopfte dich, ein schreiendes Mini-Baby (du wogst damals knapp über 1.000 Gramm), in deinen Brutkasten. Ich befreite mich von dem Sauerstoffgerät und sprang aus dem Liegestuhl.

„Sie machen nachher weiter!", ermutigte mich Schwester Dagmar. Ich knöpfte meine Bluse und anschließend den fliederfarbenen Stationskittel zu und schlich nach draußen. Dort machte ich mich auf eine lange Wartezeit gefasst, aber das Röntgenteam hatte seine Aufgabe bereits nach erfreulichen fünf Minuten erledigt!

Man schob das große Röntgengerät wieder nach draußen, verabschiedete sich artig – und alle Eltern und Gäste der Kinder-Intensiv-Station strömten wieder hinein.

„Und jetzt ein neuer Versuch!" dachte ich und ließ mich in den Liegestuhl fallen. Schwester Dagmar holte dich wieder aus dem Brutkasten. Du schriest, als du auf meiner Brust auf den Bauch gelegt wurdest. Ich stützte dich und hielt dir das Sauerstoffgerät vor die Nase. Diesmal klappte es, dass wir beide eine halbe Stunde am Stück Körperkontakt genießen konnten. Irgendwann schliefst du friedlich ein. Und das war ein gutes Zeichen. Es bedeutete, dass du dich wohl fühltest.

Ich freute mich schon auf den nächsten Tag, auf die nächste „Kangarooing-Sitzung".

Aber leider hattest du am nächsten Tag Fieber. „Deswegen holen wir Peter lieber nicht aus dem Brutkasten", erklärte Schwester Irmgard, die Vormittagsschicht hatte.

Es sollte lange dauern, bis du wieder unbedenklich den Brutkasten verlassen durftest. War das ein Rückschritt in deiner Entwicklung?

20. Kapitel: Dein Gastspiel auf der Frühgeborenen-Station

Lieber Peter,

du, unser Baby, hattest dich an das Leben in dem durchsichtigen Kasten, „deinem" Inkubator oder auch Brutkasten, gewöhnt. Ebenfalls an die Drähte, das Stechen und Pieken durch die Schwestern jeden Tag, die dir Blut abnehmen mussten und so weiter. Nur den hellen grünen Nasenschlauch, auch CPAP oder „Atemhilfe" genannt, mochtest du nicht.

Du erlebtest in deinem „Frühgeborenen-Dasein" deine Höhen und Tiefen. Aber da musstest du durch,

genau wie die anderen Babys, die neben dir in Brutkästen lagen.

Am 16. Juni wurdest du überraschend in die
Frühgeborenen-Station verlegt, nachdem du gut selbständig atmetest. Neun Tage vorher hatte man den
hässlichen grünen Schlauch in deiner Nase – den Tubus, deine Atemhilfe - entfernt. Leider war das noch
zu früh...

Du fühltest dich schon wohl auf der Frühgeborenen-Station" – hier war es wesentlich ruhiger als
auf der Kinder-Intensiv-Station. Schwestern und Ärzte
schwirrten nicht hektisch herum, das beruhigte dich.
Und das beruhigte auch mich.

Du atmetest gut – bis zur Nacht vom 19. auf den
20. Juni. Irgendwie vergaßest du dauernd zu atmen,
du warst zu müde dazu, du schliefst immer wieder
ein. Oberschwester Margit von der Frühgeborenen-
Station schien das nicht geheuer, sie fragte einige
Kinderärzte, ob das normal sei.

Man setzte dir ein Ultimatum: würdest du weiterhin an Atemabfällen, also „Bradykardien", leiden,
kämest du wieder auf die Kinder-Intensiv-Station.

Du vergaßest weiterhin, regelmäßig zu atmen.
Plötzlich schob man deinen Brutkasten wieder in die
Kinder-Intensiv-Station. Du schriest wie am Spieß, als
dir eine Ärztin den hässlichen lindgrünen Schlauch in
die Nase bohrte, den man als „Atemhilfe" oder
„CPAP" bezeichnet. Dieser reicht bis in den Rachen
und soll „Frühchen" ans Atmen erinnern - aber jeder
kann sich denken, dass alles, was man in der Nase
hat, schrecklich unangenehm ist. Und wer kann Kindern verdenken, dass sie sich gegen diesen Schlauch

wehren? Du versuchtest mit all deiner Kraft, den Schlauch aus der Nase zu ziehen.

Ich kam an diesem Abend – es war ein Montag -, nachdem man dir den Schlauch in die Nase gelegt hatte, erst abends an deinen Brutkasten. Ich war den ganzen Tag in meiner Wohnung in Jagstingen gewesen.

Nach fast neun Jahren Leben in Mirandabach, war die Zeit gekommen, von dort Abschied zu nehmen. Patrick und ich strichen die Wohnung, bevor wir die Schlüssel der Vermieterin übergaben. Denn ich zog endgültig nach Aliceberg.

Was ich fand, als ich die Kinder-Intensiv-Station betrat, war ein total zorniges Kind, das laut heulte, mit seinen Ärmchen fuchtelte und an allen Schläuchen und Kabeln riss. Nichts konnte dich beruhigen!

„Zieh' mir bitte den Schlauch aus der Nase!" versuchtest du wohl, mir klarzumachen. Du zerrtest an dem grünen Schlauch mit aller Kraft, die du aufbringen konntest. Aber ich konnte und durfte dir nicht helfen. Du reagiertest sauer.

Auch am nächsten Tag, einem Dienstag, warst du beleidigt. Öffnetest nur einige Male die Augen. Mir fiel nichts Besseres ein, als dir den Speichel (vermehrte Speichelbildung erfolgt durch den CPAP), der um deine Lippen schäumte, mit einem sterilen Tupfer abzuwischen. Du mochtest es nicht, wenn dir irgendjemand im Gesicht herumfuhrwerkte!

Mich plagte ein schlechtes Gewissen, ich sagte zu dir:

„Ich kann diesen ‚CPAP' nicht entfernen, und ich bin auch nicht schuld, dass er in deiner Nase steckt. Du hast nur eine Chance: atme richtig!".

Das gleiche Spielchen wiederholte sich auch am Mittwoch. Ehrlich, ich hatte vorher nicht gewusst, dass Atmen so schwer ist! Denn für uns Menschen ist es eine so selbstverständliche Handlung, dass wir selten daran denken, wenn wir es tun.

21.Kapitel: Was hast du nur?

Lieber Peter,

ich verstand die Welt nicht mehr – und erst recht nicht dich. Einerseits war es positiv, dass du „deinen eigenen Dickkopf" zeigtest.

Aber warum hatte es diese Komplikationen mit der Atmung gegeben? Am Freitag dieser turbulenten Woche schließlich ließest du dich von mir gar nicht am Kopf berühren - du robbtest in deinem Brutkasten herum, als ob du vor mir flüchten wolltest, und brachtest dich in die unmöglichsten Körperpositionen.

Wahrscheinlich dachtest du, dass jeder, der dich am Kopf berühren wolle, dir irgendwie Schmerzen zufügen werde. Hatte man nicht schon einige Male Infusionen an eine der dickeren Adern in deinem Kopf gelegt? Hattest du nicht schon mehrmals Ultraschall-Untersuchungen und EEGs über dich ergehen lassen müssen? Am Samstag schließlich ließest du dich von mir immerhin am Händchen berühren. Ein kleiner Erfolg.

Die Ärzte hatten herausgefunden, warum sich deine Atemabfälle in den letzten Tagen auf einmal häuften. Du hattest einen Schnupfenvirus, den sogenannten „RNS-Virus", erwischt. Ein an sich harmloser Virus für zweijährige Kinder zum Beispiel, auch für Erwachsene. Allerdings nicht für kleine „Frühchen".

Es kommt wohl ab und zu vor, dass in einer Station eines Krankenhauses dieser Virus grassiert. Dann haben Ärzte und Schwestern Maßnahmen zu treffen, dass sich der Virus nicht ausbreitet. Und deshalb wurdest du leider wieder in die Kinder-Intensiv-Station verlegt.

Patrick und ich strebten an, dass du in das Krankenhaus in Bachelburgsteig verlegt werde. Aber nach Meinung der Ärzte warst du lange Zeit nicht stabil genug dafür. Und, solange du den RNS-Virus in dir trugst, musste man sowieso erst einmal abwarten.

Eines Abends machte man eine Ultraschall-Untersuchung an deinem Köpfchen, weil du ja eine Gehirnblutung erlitten hattest, wie bereits erwähnt. Im günstigsten Fall konnte diese Blutung verschwinden, ohne irgendwelche Schäden zu hinterlassen. Patrick und ich hofften, dass dies einmal der Fall sein würde. Im Juni nahm man einmal pro Woche eine Ultraschall-Untersuchung bei dir vor (das ist möglich, weil das Köpfchen im ersten Lebensjahr noch so weich ist). Gehirnblutungen treten bei „Frühchen" häufiger auf als bei reif geborenen Kindern.

Auf jeden Fall wird bei „Frühchen" sowieso immer wieder ein Besuch beim Neurologen zur Kontrolle erforderlich sein. Das sagte man uns jedenfalls.

Du bekamst außerdem Medikamente gegen „zerebrale Krämpfe". Das sind eine Art „Anfälle", deren Ursache nicht bekannt war, die man aber bei dir festgestellt hatte. Woher diese Krämpfe kamen, wusste niemand. Vielleicht rührten davon deine Atemabfälle her, die du ab und zu hattest. Die Ärzte überschlugen sich fast vor Mutmaßungen. Genaueres wussten sie oft auch nicht.

Ich machte sich darüber nicht mehr allzu viele Sorgen - du zeigtest dich munter, du wehrtest dich, du zeigtest Reaktionen. Außerdem hatte man den Eindruck, dass du kein Dummkopf warst.

22.Kapitel: Deine Kameraden auf der Station

Lieber Peter,

auf der Kinder-Intensiv-Station in June-Burg blieben viele Babys nur wenige Tage. Man hatte sie zur Vorsicht in einen Brutkasten gelegt, sie zur Vorsicht verkabelt, um ihre Körperfunktionen besser kontrollieren zu können.

Ich bemerkte „neue" Babys, denn ich besuchte Peter mindestens zweimal täglich. Wobei es den anwesenden Eltern in der Station untersagt war, zu lange in andere Brutkästen hineinzuschauen. Aber alleine schon im Vorbeigehen fielen „neue" Babys auf. Und ab und zu kam man mit den Müttern dieser Babys ins Gespräch.

Da gab es Baby Rudi, der vor oder während seiner Geburt zu viel Fruchtwasser geschluckt hatte.

Dadurch hatte er sich den Magen verdorben, es war ihm übel. Seine Mutter wollte sofort Kontakte knüpfen und fing ein Gespräch mit mir an:

„Ihr Baby ist aber süß! Wie alt ist es denn?"

Ich erzählte, dass du zu früh auf diese Welt kommen musstest. Du warst zum Zeitpunkt dieses Gesprächs bereits „aus dem Gröbsten heraus", und man konnte einigermaßen zuversichtlich in deine Zukunft blicken. Patrick und ich waren Gott dankbar dafür – für jeden kleinen Schritt nach vorne.

Rudis Mutter erzählte von ihrem Pferdegestüt in der Nähe einer Stadt in Württemberg, Region Hohenlohe. Und von einer Art Reittherapie, die Kindern mit speziellen Verhaltensstörungen helfen konnte. Diese Reittherapie wurde auf diesem Bauernhof praktiziert.

Rudi war das zweite Kind der Familie. Man hatte bereits einen Sohn – geboren in der 39. Schwangerschaftswoche. Diese Mutter litt ebenso damals an Schwangerschaftsvergiftung, jedoch war diese in der 39. Schwangerschaftswoche nicht mehr so gefährlich für das Kind. Zumindest blieb ihm ein Dasein als „Frühchen" erspart.

Rudi blieb einige Tage im Brutkasten auf der Kinder-Intensiv-Station und wurde dann, als man Platz für ein „neues" Baby brauchte, plötzlich auf die Frühgeborenen-Station verlegt. Seine Mutter traf ich ab und zu noch im Gang des Mutterhauses. Denn auch sie logierte für einige Zeit in einem Stillzimmer – allerdings nur für zwei Wochen. Solange eben, bis Rudi das Krankenhaus verlassen konnte.

Über Baby Mahalia habe ich bereits berichtet. Sie war das Baby, das lange neben dir im Brutkasten lag. Geboren in der 24. Schwangerschaftswoche in Ulderdingen, anschließend verlegt in das Krankenhaus in June-Burg. Mahalia hatte Glück gehabt, obwohl sie so früh geboren wurde. Ihre Organe waren reif genug, und sie konnte überleben.

Sie bewegte sich sehr lebhaft im Brutkasten – es geschah oft, dass sie mit ihren kleinen Fingern das eine oder andere Kabel entfernte. Plötzlich piepste der Alarm von Mahalias Brutkasten wie verrückt.

Dann rannten die Schwestern immer hektisch zu diesem Brutkasten, riefen Mahalia zu: „Du kleine Hexe!" – und während sie das Baby angrinste, versuchten sie, den Schaden so schnell wie möglich zu beheben.

Mahalia war das Baby, das ich sah, als es zum ersten Mal bei seiner Mutter zum „Kangarooing" auf die Brust sitzen durfte. Einen Tag später filmte der Vater das Ereignis freudestrahlend mit einer Videokamera. Und wieder einen Tag später durfte Mahalia endlich in die Frühgeborenenabteilung verlegt werden. Während deines kurzen Gastspiels in dieser Abteilung, lieber Peter, sah ich Mahalia wieder – und erkannte sie kaum noch. Nur der Name ließ darauf schließen, dass dieses große Baby im Wärmebett die einst kleine Mahalia im Brutkasten gewesen war. Mahalia schien offensichtlich ihre schlimmste Zeit hinter sich zu haben und wurde hochgepäppelt.

Auch Baby Christof werde ich nicht vergessen. Er war das erste Kind seiner Eltern. Wie die Mutter schilderte, war seine Geburt nicht dramatisch. Und er trug einen Vornamen, der der neuen Rechtschreibung angepasst war. Warum sollte er „Christoph" heißen, wenn seine Eltern „Christof" viel schöner fanden? So schön, so gut. Jedoch gab es ein Problem: Christof litt am Down-Syndrom. Zum Glück kein schwieriger Fall von Down-Syndrom. Vielleicht konnte Christof als Erwachsener einmal sein Geld selbst verdienen. Aber für die Eltern war es zuerst ein Schock – verständlich. Seine Mutter schrie im Kreißsaal, als sie die Wahrheit erfuhr. Aber sie und ihr Mann fanden sich schnell mit den Gegebenheiten ab. Sie wollten ihrem Kind das Beste geben. Das bedeutete auch ein Leben mit Frühförderung und Krankengymnastik, das Patrick und mir mit dir, lieber Peter, bevorstand.

Leider habe ich einige Jahre später erfahren müssen, dass Christof verstorben ist. Im Alter von zwei Jahren lag er auf einmal tot in seinem Bettchen. Das hat mir sehr leid getan.

Manfred sollte ich nicht vergessen zu erwähnen. Manfred wurde durch einen Blasensprung seiner Mutter vorzeitig in der 27. Schwangerschaftswoche per Kaiserschnitt entbunden – er wog 923 Gramm.

Seine Eltern stammten aus Mirandabach, der Kleinstadt, in der ich über neun Jahre gelebt und gearbeitet hatte. Was mir an ihnen gleich auffiel, war, dass sie die Geburt ihres „Frühchens" relativ gelassen hinnahmen. Es flossen keine Tränen vor dem Brutkasten, kein Entsetzen war aus ihren Gesichtern zu erkennen. Den Grund erfuhren Patrick und ich bald: die Familie hatte bereits schon ein Mädchen, ebenfalls ein „Frühchen". Die Kleine war allerdings mit 2.000 Gramm Geburtsgewicht auf die Welt gekommen, Manfred war da um einiges kleiner – jedoch beunruhigte das die Eltern nicht.

Und von irgendwoher kannte ich Manfreds Mutter. Bei einem Gespräch fanden wir beide heraus, woher wir uns kannten. Manfreds Mutter arbeitete einst in einer Apotheke, in der auch ich ab und zu Medikamente geholt hatte. Außerdem waren sie und ihr Mann eifrige Besucher der Versammlungen eines christlichen Vereins (der zur evangelischen Kirche gehörte) – ebenso wie ich. So entstanden interessante Gespräche vor dem Brutkasten.

Manfreds Mutter hatte ihr Kind im Krankenhaus in Mirandabach zur Welt gebracht. Da dieses Krankenhaus jedoch über keine Frühgeborenen-Station verfügte, brachte man Manfred und seine Mutter mit dem Krankenwagen nach June-Burg. Als Manfreds Mutter entlassen wurde, besuchte sie ihn trotzdem zweimal pro Tag – meistens morgens und abends. Morgens konnte sie ihre kleine Tochter bei Bekannten vorbeibringen, die auf das Mädchen aufpassten. Und abends konnte der Ehemann auf die Tochter aufpassen, während Frau S. Manfred stillte. Glücklicherweise war ihre Milch in Ordnung und Manfred konnte problemlos gestillt werden und musste nicht lernen, wie man vorbildlich aus der Flasche trank.

Manfred entwickelte sich problemlos und konnte bereits einen Monat vor dem errechneten Geburtstermin nach Hause entlassen werden.

Ich erinnere mich noch an Baby Ulrich, weil er eine solch herausragende Stimme hatte. „Entweder wird er mal Opernsänger oder Bauarbeiter", erzählte ich Patrick.

Baby Ulrich war ein reif geborenes Baby, das Nierenprobleme zu haben schien. Man hatte ihm einen Katheder „verpasst". Ulrich schien beinahe zu groß für einen Brutkasten. Wenn er schrie, wurde er rot – und er hatte ein ganz eigenes, jammervolles Schreien. Wie ein Tenor in der Rolle des Romeo, der betrauert, dass er „seine" Julia nicht sehen kann. Baby Ulrich lag gerade drei Tage auf der „Kinder-Intensiv-Station" und wurde anschließend auf die Säuglingsstation verlegt.

Traurig war die Geschichte von Baby Winfried. Auch er wurde in einer Blitzaktion per Kaiserschnitt in der 27. Schwangerschaftswoche geboren. Ein viel zu kleines Baby mit viel zu vielen Kabeln. Hattest du, lieber Peter, am Anfang auch so viele Kabel gehabt? Patrick und ich versuchten, uns zu erinnern.

Man hätte heulen können, wenn man Baby Winfried wie ein zerbrechliches Porzellanpüppchen in seinem Brutkasten liegen sah.

Seine Mutter erlitt beinahe einen Schock, als sie ihr Baby zum ersten Mal sah. Es hatte eine braune Hautfarbe, genau wie du, als du auf die Welt kamst. Schwester Paula aus der Entbindungsstation fuhr die Mutter im Rollstuhl an den Brutkasten heran. Schwester Charlotte aus der Kinder-Intensiv-Station gratulierte zum kleinen Sohn, aber die Glückwünsche schienen irgendwie unangemessen. Baby Winfried war noch nicht reif genug gewesen für die Geburt.

Auch diese Mutter heulte mehrmals um ihr Kind, das viel zu früh auf diese Welt geworfen worden war. Ich sah sie vor dem Brutkasten sitzen und weinen. Ich verstand nur zu gut, was sie durchmachte. Und ich glaubte und hoffte, dass Winfried sich so gut entwickeln würde wie du, lieber Peter.

Auch Winfrieds Mutter wurde ans Herz gelegt, ihr Kind mindestens einmal am Tag zu besuchen, mit ihm zu reden, seine Hand zu halten, es zu streicheln. Und sie tat, was man ihr sagte. Sie hoffte.

Niemand weiß, ob sie an Gott glaubte. Aber sicherlich hatte sie Kontakt zu der Diakonin, die auch mir Mut gemacht hatte.

Die Ärzte versuchten, das Leben dieses Babys zu retten. Dass er kränker war als du, lieber Peter, sahen wir sofort. Denn oft mussten alle Besucher die Station verlassen, weil Ärzte und Schwestern plötzlich einen Eingriff an Baby Winfried vornehmen mussten. Dabei konnten sie keine Gäste gebrauchen.

Man fütterte Winfried über eine Magensonde mit Muttermilch. Aber irgendwann konnte sein kleiner Körper die Nahrung nicht mehr verarbeiten. So, wie man die Nahrung in ihn hineinleitete, so schied er sie wieder aus. Irgendwann bekam Winfried eine seltsam fahle Haut.

Und an einem Freitagabend starb er. Viel zu früh. Nie hatte er seine kleinen Augen geöffnet, nie war er zu Bewusstsein gekommen. Seine Organe waren nicht reif genug zum Überleben gewesen.

Sein Brutkasten wurde hinausgeschoben, der Platz, an dem dieser stand, wurde gereinigt. Als Patrick und ich an einem Samstagnachmittag dich, lieber Peter, besuchten, war Winfrieds Brutkasten verschwunden. Niemand verlor ein Wort über Winfried. Die Ärzte und Schwestern unterlagen der Schweigepflicht und durften nichts sagen.

Einige Tage später im Frühgeborenenverein erfuhr ich, dass Winfried gestorben war.

23. Kapitel: „Eine Selbsthilfegruppe – klar, dort gehen wir hin!"

Lieber Peter,

du solltest wissen, dass ich ganz zu Anfang deines Lebens eine Selbsthilfegruppe besuchte. Dass eine existierte, erfuhr ich von der emsigen Frau Bogemann, die jeden Donnerstag auf der Kinder-Intensiv-Station erschien. Natürlich machte sie damit auch Werbung für ihre Selbsthilfegruppe, den „Frühgeborenen-Verein", – einen eingetragener Verein mit einer Satzung, mit einer Kasse, mit diversen Aktivitäten. Als „Frühchen-Eltern" fühlten auch Frau Bogemann und ihr Mann sich in „nackte Tatsachen" hineingeworfen. Neben einigen sehr informativen Broschüren eines überregionalen Frühgeborenen-Vereins gab es noch die Möglichkeit, die Treffen einer Selbsthilfegruppe zu besuchen und dort Erfahrungen auszutauschen und Tipps zu bekommen.

Ich besuchte zwei Sitzungen des Frühgeborenen-Vereins in June-Burg und war angenehm überrascht. Diese Sitzungen fanden jeden ersten Dienstag im Monat in der Bibliothek des Hauses, in dem Diakonissen im Ruhestand lebten, statt (in diesem Gebäude befand sich auch das Stillzimmer, das ich für einige Wochen bewohnte).

Zwölf Mütter setzten sich auf die kreisförmig angeordneten Stühle. Sie alle schienen sich schon

sehr lange zu kennen. Einige duzten sich. Frau Bogemann begrüßte mich. Ich berichtete in kurzen Worten über dich, lieber Peter. Du lagst zu diesem Zeitpunkt knapp einen Monat im Brutkasten und entwickeltest dich gut.

Anschließend diskutierte man über das bevor-
stehende Sommerfest. Wie jedes Jahr plante auch
dieser „Frühgeborenen-Verein" im Juni 1999 ein solches Fest.

Diverse Abläufe mussten noch geplant werden –
hatte jemand noch eine Idee für ein Spiel, das man
mit den anwesenden Kindern spielen konnte? Eine
Mutter erklärte sich bereit, Utensilien zum Bemalen
von Blumentöpfen zu organisieren, eine andere wollte ein Spiel mit Seifenblasen mit den Kindern durchführen.

Auch die nächsten Treffen wurden besprochen.
Es lief nicht immer so ab, dass die „Frühchen"-Mütter
unter sich waren und diverse Dinge diskutierten.
Manchmal luden sie Referenten ein. Zum Beispiel
planten sie im Oktober, Spezialisten einiger Kranken-
kassen einzuladen. Diese Leute sollten Rede und
Antwort stehen zum Thema: Welche Leistungen zur
Förderung eines Frühgeborenen werden von den
Krankenkassen übernommen, welche nicht? Heikle
Themen stellten unter anderem die Fragen nach ei-
nem Fahrtkostenzuschuss und die Kostenübernahme
für das Stillzimmer dar.

Im November plante man, Professor Dr. Hampel, den Chefarzt der Gynäkologie und Entbindungsstation, und einen Oberarzt einzuladen. Professor Dr.
Hampel war der Arzt, der mit dem genauen Ultra-

schallgerät arbeitete und die Gehirnblutung bei dir, lieber Peter, diagnostizierte. Er war der Mann, der vielleicht mit seiner raschen Entscheidung dein Leben gerettet hat – zusammen mit Frau Dr. Fuhrmeier aus Mirandabach. Professor Dr. Hampel und sein Kollege sollten für Fragen und Antworten zur Verfügung stehen und sich selbst kurz vorstellen.

Zu diesen „Frühgeborenen-Treffen" kamen oft auch Schwester Tina aus der Kinder-Intensiv-Station und Schwester Margot von der Frühgeborenen-Station. Diese beiden brachten Vorschläge ein über Dinge, die auf beiden Stationen noch benötigt wurden. Könnte diese der „Frühgeborenen-Verein" nicht finanzieren? Zum Beispiel Stuhlpolster für „Känguru-Stühle" auf der Frühgeborenen-Station? Frau Bogemann notierte sich alles. Klar sei eine Finanzierung möglich, meinte sie. Schwester Margot sollte die gewünschten Polster beschaffen, dann die Rechnung Frau Bogemann aushändigen.

Auf diese Art und Weise hatte man schon Milchpumpen, „Känguru-Stühle" und andere Dinge finanziert, die „Frühchen" und deren Eltern bei der Bewältigung diverser Probleme und Situationen im Krankenhaus helfen konnten.

Geduldig stellten die anwesenden Damen mir mit Worten ihre „Frühchen" vor. Es gab „Frühchen", die keine gesundheitlichen Probleme aufwiesen, jedoch kleiner waren als andere Kinder des gleichen Alters (ein guter Grund, die Einschulung eines „Frühchens" um ein Jahr zu verschieben). Und ich hörte von „Frühchen", die immer noch viele Probleme hatten. Eines davon konnte kaum laufen, bewegte sich auf Krücken vorwärts. Geistig jedoch war dieses Mädchen fit. Was alle „Frühchen" gemeinsam hatten: in den ersten Jahren erkrankten sie häufig an Bronchitis oder sogar Lungenentzündung – vielleicht das Ergebnis der langen künstlichen Beatmung im Brutkasten.

Einige „Frühchen" hatten auch keine auffällige Entwicklung vorzuweisen. Aber das waren die wenigsten. Auf jeden Fall bekamen ihre Mütter in diesem „Frühgeborenen-Verein" nützliche Informationen.

Eine amüsante Geschichte aus dieser Region möchte ich doch noch erzählen: Es gab eine Familie, die hatte zwei Kinder, das zweite war krank, deswegen war kein weiterer Nachwuchs mehr geplant. Die Mutter ließ sich also beim Frauenarzt eine Spirale einsetzen.

Eines Tages ging sie zur Untersuchung zu ihrem Frauenarzt – irgendwas schien wohl nicht zu stimmen. Der Frauenarzt sagte zu ihr:

„Ihre Spirale ist kaputt – Sie erwarten Drillinge! Herzlichen Glückwunsch!"

Die Frau war erschrocken – bekam dann aber ihre Drillinge, die auch in den Frühchen-Stationen im Krankenhaus in June-Burg lagen. Und die Kinder – so erzählte man im Frühgeborenen-Verein – entwickelten sich wirklich gut!

In der Nähe von Aliceberg gab es einen so genannten „Frühchen-Treff". Er fand ebenfalls jeden ersten Dienstag im Monat statt, aber in einer Pizzeria. Zu meinem Bedauern war er lange nicht so gut organisiert und so informativ wie die Treffen in June-Burg. Die „Frühchen-Eltem" im Raum Bronislawville lehn-

ten vereinsmäßige Treffen, wie sie in June-Burg praktiziert wurden, ab - denen blieb man eher fern. Dafür
hatte man sich die zwanglose Atmosphäre in einer
Pizzeria ausgewählt. Während solcher Treffen konnten sich Eltern kaum informieren.

Patrick fand diese Atmosphäre nicht übel. Aber
ich meinte, solche Zusammenkünfte würden mir keinerlei brauchbare Informationen bringen, die ich auf
mein „Frühchen" anwenden konnte.

Wir besuchten einen dieser „Frühchen-Treffen"
einmal im September 1999. Das Interessanteste waren die „Frühchen" selbst, die von ihren Eltern mitgenommen worden waren. Nützliche Informationen für
uns gab es keine. Darüber war ich enttäuscht.

Informationen flossen übrigens dort generell
nicht. Patrick und ich unterhielten uns angeregt mit
einer jungen Familie, deren kleines Mädchen eifrig
mit einem bunten Schlüsselspielzeug hantierte. Die
Kleine war wegen einer Schwangerschaftsdiabetes zu
früh auf die Welt gekommen - ebenfalls in der 27.
Schwangerschaftswoche. Augenscheinlich entwickelte sie sich ohne Probleme.

Patrick und ich haben seitdem nicht mehr diese
Treffen besucht. Ich verspüre nicht den Drang nach
dieser lockeren, nichtssagenden Atmosphäre ohne
nützliche Informationen. „Wenn ich zum Beispiel
wissen will, welche Erfahrungen diese Eltern mit der
Krankengymnastik nach „Bobath" gemacht haben,
kann ich nicht einfach meine Frage in der Runde stellen und bekomme dann eine Antwort. Nein, ich muss
jeden Teilnehmer dieses Treffens separat fragen und
somit beim Pizzaessen stören - und so komme ich gar

nicht mehr zum Pizzaessen. Sehr mühsam ist das!", begründete ich meine Entscheidung, diesem „Frühchen-Treff" künftig fernzubleiben.

Patrick hatte dem nichts hinzuzufügen. Meistens kam er erst um 17.45 Uhr nach Hause und fühlte sich erschöpft. Zu größeren Aktivitäten stand ihm nach einem solch langen Arbeitstag nicht mehr der Sinn.

Übrigens finanzierten die Schwestern in Bronislawville „Känguru-Stühle" und andere Dinge, die in June-Burg der dortige Frühchen-Verein übernahm, von dem Geld, das ihnen von Eltern geschenkt wurde. Eine uneigennützige Aktion - aber andere Möglichkeiten hatte man nicht.

24.Kapitel: Leistenbruch gefällig? Wir haben zwei zu bieten...

Mein lieber Peter,

du wuchst und gediehst prächtig. Aus dir wurde ein „richtig großer" Junge. Ende August 1999 wogst du 3.420 Gramm und nahmst täglich zu. Aus dir wurde ein „richtiger Wonneproppen", wie eine Schwester bemerkte. Bei der Geburt warst du 36 Zentimeter groß, unterdessen schon 38,5 Zentimeter.

Meine Milchproduktion war endgültig versiegt. Kein Wunder! Meiner Milch blieb ja auch nichts anderes übrig, weil ich in dem Krankenhaus in June-Burg dauernd frustriert wurde und die Milch wegschütten musste!! Du gingst auch nicht gerne an die Brust und verlorst die Lust, da außer ein paar spärlichen Tropfen nichts mehr heraus kam...

Du verstandst wohl nicht, warum andere Kinder gerne an der Brust ihrer Mütter nuckeln. Ich glaubte irgendwann nicht mehr daran, dass ich die Milchproduktion nochmals ankurbeln könnte. Eine Intensiv-Schwester meinte einmal, das sei wohl nicht mehr möglich. Ich fand das schade. Andererseits zeigtest du oft generell keine Lust zum Trinken. Wenn ich dir also eine Brustwarze unter die Nase hielt und es kam kaum ein Tropfen heraus, wolltest du nachher auch nicht aus der Flasche trinken. Nur weil ich dir immer wieder die Flasche an die Lippen hielt und dir so lange mit dem Sauger über die Lippen strich, bis du den Mund öffnetest, trankst du doch ein bisschen.

Du mochtest die Schwestern in dem Krankenhaus in Bronislawville. Du hast sowieso selten „gefremdelt" und konntest dich schnell mit anderen Leuten anfreunden. Auch das Krankenhaus in Bronislawville arbeitet mit der Klinik in Heidelberg zusammen, die ja weltweit einen sehr guten Ruf genießt. Du wurdest auf der dortigen Kinder-Intensiv-/Frühgeborenen-Station noch in einem Einzelzimmer beobachtet. Wegen deiner Netzhautablösung am Auge erhieltst du erhöhte Sauerstoffzufuhr.

Hätte diese Maßnahme nicht geholfen, hätte man dich in einer Kinder-Augenklinik in Frankfurt-Höchst mit Laser operiert. Aber Patrick und ich und das Ärzte- und Schwestern-Team blieben optimistisch. Viele „Frühchen" leiden an der Netzhautablösung, und bei vielen ging diese problemlos vorüber, ohne irgendwelche Schäden zu hinterlassen.

Irgendwann, als du noch in June-Burg weiltest, bemerkte man an deiner rechten Hand ein Blutschwämmchen. Es war noch nicht groß, aber Blutschwämmchen können wachsen. Sie sind nicht gefährlich, aber sie sehen nicht schön aus. Im Krankenhaus in Bronislawville wurde dir das Blutschwämmchen mit einem Kältestab entfernt. Daraufhin hattest du zehn Tage lang eine kleine Wunde, die die Ärzte und Schwestern mit Salbe behandelten. Aber bald bildete sich eine Schicht mit gesunder Haut über dieser Stelle. Von dem Blutschwämmchen blieben nur ein paar sehr kleine Punkte übrig, die sich zum Glück nicht mehr vergrößerten.

Eines Tages musste ich mit dir in eine andere Abteilung fahren. Du wurdest von einem Arzt wegen deines Leistenbruchs untersucht. Dieser sollte am folgenden Tag operiert werden. Und vielleicht durftest du dann dieses Krankenhaus verlassen und mit uns nach Hause fahren. „Nach Hause" – was bedeutete das für dich? Du kanntest bisher nur Krankenhäuser, sie waren schon lange dein Zuhause. Seit fast vier Monaten sah auch ich fast nur Krankenhaus - Krankenhaus – Krankenhaus. Mir ging das langsam auf die Nerven!! Patrick und ich lebten in kleinen Schritten.

„Es ist gut", sagten wir, „dass du, lieber Peter, in einem Krankenhaus in unserer Nähe liegst."

Das Krankenhaus in Bronislawville ist von Aliceberg aus 11 Kilometer entfernt, und Patrick konnte dich, seinen Sohn, auch werktags und nicht nur am Wochenende besuchen.

Ich besuchte jeden Tag mindestens zweimal für einige Stunden die Station, auf der du lagst. Ich versuchte mit allen Kräften, mich mit dem Autofahren in einer größeren Stadt anzufreunden. Du lagst einige

Monate im Brutkasten, ab Mitte August lagst du endlich in einem „normalen" Gitterbett. Ich wickelte dich, wenn ich da war. Anschließend fütterte ich dich mit Milch aus einer Babyflasche. Wenn du dich ganz zufrieden fühltest, schliefst du ein.

Wenn du in meinen Armen ruhtest, erzählte ich dir Geschichten. Ich erzählte dir, dass ich in Aliceberg einen Arzt für innere Medizin aufgesucht hatte. Er sollte meinen Blutdruck kontrollieren. Der Internist nahm einen Nieren-Ultraschall (Anmerkung der Verfasserin: Die Nieren-Ultraschall-Untersuchung sollte einmal jährlich bei Frauen vorgenommen werden, die einmal an Gestose litten.) vor, fand aber nichts Auffälliges.

Auch nahm man mir Blut ab und untersuchte es. Das Ergebnis: die Harnsäure lag am obersten Grenzwert (was mit einer Gestose nichts zu tun hat), ansonsten war aber alles in Ordnung. Das Problem mit der Harnsäure konnte man durch eine Diät in den Griff bekommen. Und vor allem sollte ich mir keinen Stress machen - wegen des Kaiserschnitts und der erlittenen Gestose.

Du, lieber Peter, konntest unterdessen laut schreien. Du schriest immer, wenn dir etwas nicht gefiel. Außerdem machtest du „Geräusche", wenn du in meinen Armen lagst. Ich wusste nicht, wie ich diese Geräusche beschreiben sollte. „Frühchenlaute" nennen die Ärzte sie.

Patrick und ich versuchten, wieder unseren normalen Tagesablauf zu finden. Wir besuchten Mitte Juli meine Eltern, wir besuchten Freunde von mir. Freunde, die uns eine gebrauchte Baby-Wippe und einen ebenfalls gebrauchten „Maxi-Cosy" (Baby-Trage) schenkten. Dinge, die eines Tages in deinem Leben wichtig werden konnten.

Ob du wohl von deiner Gehirnblutung etwas merktest? Man konnte sie nicht mehr rückgängig machen, man konnte nichts dagegen tun, sagten mir die Ärzte. Man musste in die Zukunft schauen. Man konnte nur warten, hoffen und beten. Inwieweit sich die Folgen der Blutung bei dir später bemerkbar machen würden, konnte man vielleicht bemerken, wenn du einmal laufen oder sprechen lernen würdest.

Ich besuchte dich zweimal täglich im Krankenhaus. Nebenher erledigte ich das Notwendigste im Haushalt, wie Waschen, Spülen, Saugen. Und jeden Tag kramte ich in meinen vielen Umzugskisten aus Mirandabach, räumte sie aus und versuchte, Dinge wegzuschaffen, denn es standen immer noch viele Umzugsutensilien herum. Abends, wenn Patrick nach Hause kam, holte uns beide immer noch der Alltag ein, dann räumten wir nämlich beide herum und diskutierten über Dinge, die wir noch brauchten oder wegwerfen konnten.

Um für dein Heimkommen gerüstet zu sein, hatten wir Etliches erledigt. Wir besuchten an einem Samstag Mitte August ein Geschäft für Baby-Artikel und machten einen Großeinkauf. Nun besaßen wir fast alles - Nahrung und Windeln wollten wir kaufen, wenn wir genau wussten, wann du das Krankenhaus verlassen durftest.

Ja, du gediehst. Aber du hattest oft keine Lust zum Trinken. Unterdessen hatten die Schwestern und Ärzte deine Magensonde entfernt - du solltest selbst bestimmen, wie viel und wann du trinken wolltest. Seitdem wirktest du zufriedener. Du wurdest immer munterer, es gab viel in deiner Umgebung zu entdecken, du mochte es, wenn jemand sprach und hörtest zu. Und du wuchst. Kleidung in kleinsten Größen passte dir schon – du trugst Baby-Größe 50, und wir waren stolz darauf!

Dein errechneter Geburtstermin war der 16. August 1999. Wir dachten, wir könnten dich schon vorher mit nach Hause nehmen, aber wegen deiner Augen war das nicht möglich.

Du wehrtest dich immer wieder gegen die Nadeln und Apparaturen, an die man dich anschließen wollte. Oft zogst du dir die Magensonde (als du noch sondiert wurdest). Eine neue Sonde wurde dir dann eingeführt, wobei du laut protestiertest.

Eines Tages schwirrten Ärzte und Schwestern wieder um dich geschäftig herum. Was wollten sie mit dir anstellen? Eine neue Bluttransfusion? Eine Ärztin steckte dir eine Infusionsnadel in den Kopf! Du wolltest diese Nadel nicht und zerrtest daran. Es war gar nicht schwer für dich, sie zu entfernen. Die Schwestern freuten sich nicht darüber und holten wieder die Ärztin. Diese zeigte sich offensichtlich ärgerlich und stach dir erneut eine Nadel in den Kopf. Du mochtest diese Nadel nicht, aber diesmal hinderte man dich daran, sie herauszuziehen. Man band deine Hände mit einer Binde am Gitter deines Bettes fest. Du warst wütend und schriest. Man ließ dich schreien. Irgendwann wurdest du sehr müde und döstest vor dich hin.

Ich betrat an diesem Tag um zehn Uhr dein Zimmer. Ich erwartete ein Baby, dessen Leistenbruch man operiert hatte. Aber ich sollte mich irren.

„Bitte lassen Sie Peter in Ruhe!" flehte mich eine Schwester an. „Eigentlich hätte er um sieben Uhr operiert werden müssen, aber ein Notfall kam dazwischen..."

Ich verstand das, aber ich fragte mich, warum ich überhaupt gekommen war. Es war zehn Uhr, und ich durfte dich, mein Baby, nicht wickeln. Du hattest sicherlich Hunger, aber vor einer Operation darf man ja bekanntlich nichts essen. Jeden Moment konnte jemand aus der Operationsabteilung kommen und dich holen. Morgens um zwei Uhr hattest du deine letzte Flasche bekommen.

Ich konnte nichts tun in diesem Moment. So setzte ich mich neben dein Bett, las in einem Buch und wartete. Kurz vor der Mittagspause musste ich aufbrechen - und da warst du immer noch nicht zur Operation drangekommen...

Nach der Mittagspause rollte man dich endlich in den Operationssaal und nahm den Eingriff vor. Operation eines Leistenbruchs an der linken Seite.

Bevor ich nachmittags ins Krankenhaus fuhr, rief ich vorsorglich in der Station an, in der du lagst, an. Warst du endlich operiert worden, und hatte es Sinn vorbeizukommen? Ja, sagte man mir, und ich setzte mich ins Auto.

Um 15 Uhr endlich kamst du von der Intensivstation (wo du nach der Operation zur Überwachung einige Zeit lagst) wieder auf die Neugeborenenstation. Du versuchtest zu protestieren, weil du Hun-

ger hattest. Ich fütterte dich mit Tee, den du heiß-
hungrig schlucktest. Eigentlich mochtest du keinen
Fencheltee, aber etwas anderes gab es leider nicht.
Am nächsten Tag konntest du wieder deine gewohn-
te Flaschennahrung trinken.

Jedoch wenige Tage nach dieser Operation stellte man einen Leistenbruch an deinem rechten Unterbauch fest! Patrick und ich dachten, wir seien „im
falschen Film", als wir das hörten! Der "neue" Leistenbruch entstand, weil du immer herumdrücktest
und herumpresstest. Also stand dir eine erneute
Bruchoperation bevor. Am Freitag, dem 10. September, schob ich dich in einem Kinderwagen erneut in
die Chirurgie, stellte dich einem Arzt dort vor und
musste die Einwilligung zur Operation geben. Am 11.
September unterschrieb ich schließlich die Einwilligung zur Vollnarkose. Am 13. September wurde dein
rechter Leistenbruch morgens um 10.30 Uhr operiert.
Diesmal kam kein dringender Fall dazwischen, der
alle Operationspläne über den Haufen warf!

Nachmittags erschien ich im Krankenhaus. Du,
mein Kind, littest unter starken Schmerzen und protestiertest, weil du Hunger hattest. Die Krankenschwestern durften dir erst ab 18 Uhr ein Schmerz-
zäpfchen geben. Ich fütterte dich nach Anweisung der
Ärzte mit Fencheltee, gemischt mit Milch. Du trankst
ein paar Tropfen vielleicht mir zuliebe, brachtest aber
das „Zeug" irgendwann beim besten Willen nicht
mehr herunter!

25. Kapitel: Ein Baby ist teuer, aber es gab Menschen, die an dich dachten

Lieber Peter,

noch als du im Krankenhaus weiltest, machten Patrick und ich uns Gedanken über die Dinge, die wir für dich besorgen wollten.

In dem Säuglingspflegekurs in Mirandabach hatte man uns eine Liste mit den wichtigsten Dingen, die man für ein neugeborenes Baby anschaffen sollte, ausgehändigt: sechs Strampelhosen, sechs Bodys, Babysocken, Windeln. Wir erörterten in diesen Treffen Fragen wie: Welche Unterwäsche ist besser für das Baby? Bodys oder die Kombination aus Unterhemd und Unterhose?

Im Krankenhaus verwendete man letzteres – und so gestaltete sich jedes Wickeln sehr umständlich. Wir knoteten sorgsam ein altes Flügelhemdchen von „Anno Dunnemals" vorne zusammen, wenn wir dich anzogen. Anschließend ein weißes Baumwolljäckchen darüber – diesmal mit der Schleife hinten gebunden. Diesen ganzen „Wust" stopften wir in eine Unterhose. Wir fanden Bodys viel praktischer!

Viel Babykleidung erhielten wir von meiner Schwester Hedwig. Sie und ihr Mann Brandolf waren von Gott mit zwei gesunden Kindern beschenkt worden – einem Mädchen und einem Buben. Zwei Kinder reichten (weil diese Kinder auch sehr lebhaft waren), meinten Hedwig und Brandolf. Und so stellten sie uns ihre gesamte Babygarderobe zur Verfügung. Das half uns beiden frisch gebackenen Eltern natürlich sehr. Wir wuschen und sortierten die kleinen Kleidungsstücke nach Größen – es war reizend, sie auf der Leine hängen zu sehen. Bald würde ein Baby – unser Baby – darin strampeln.

Einige Leute – von Frankreich bis Australien und Neuseeland schickten hübsche Dinge für dich. Patrick und ich waren angenehm überrascht. Ich pflegte schon seit Jahren Briefkontakte mit Leuten aus der ganzen Welt, einige hatte ich schon persönlich kennen gelernt. Man tauschte selten Geschenke aus – aber die Resonanz auf deine Geburt war überwältigend. Da flatterten ein Lätzchen und ein T-Shirt aus Neuseeland ins Haus, zusammen mit einem Plüsch-Kiwi-Vogel. Aus Australien schickten zwei Damen jeweils einen hübschen Schlafanzug. Eine andere Australierin strickte eine Mütze und Schuhe. Aus Kanada sandte eine Brieffreundin Socken, eine Brieffreundin aus England ebenfalls. Eine andere aus Schottland sandte einen Schlafanzug. Aus Finnland traf ein Bilderbuch ein, später ein Schlafanzug. Aus Frankreich sandte eine Dame ein Plüschtier. Eine andere Dame aus den Vereinigten Staaten von Amerika hatte eine Katze aus Wolle gebastelt, die eine Melodie spielte, wenn man auf ihren Bauch drückte.

Aus Italien sandte eine Freundin zwei Lätzchen, die sie selbst bestickt hatte. Und natürlich reagierten Verwandte und Freunde – sie sandten Geschenke und Karten. Patrick und ich waren überwältigt. Mit so vielen Geschenken aus der ganzen Welt hatten wir nicht gerechnet.

Jedoch war es mit Babykleidung und Spielzeug alleine nicht getan. An einem Samstagvormittag kauften wir in einem Geschäft für Babyausstattung ein, was wir noch brauchten. Babyflaschen mit Saugern beispielsweise. Waren Glasflaschen besser oder Plastikflaschen? Welche Sauger waren die richtigen – Silikon oder Latex? Fragen über Fragen.

Wir kauften eine Wickelauflage, ein Fell, das dir, lieber Peter, Wärme im Winter und ein bisschen Kühle im Sommer bescheren sollte. Wir kauften eine Bettdecke, Spannbetttücher, Schlafsäcke und vieles mehr. Wir kauften fast alles, was auf unserer Liste stand.

Von einer Freundin von mir erhielten wir, wie schon erwähnt, einen Sitz, den wir im Auto befestigen konnten. „Maxi Cosy" nennen manche Leute einen solchen Sitz. Auch eine Babywippe bekamen wir.

Patrick und ich saugten, schrubbten und bauten einen Schrank im Kinderzimmer auf.

Patricks Bruder Ewald schreinerte einen Aufsatz für einen Wickeltisch. Diesen Aufsatz stellten wir auf einen Schreibtisch, für den wir ansonsten keine Verwendung hatten. Aber als Wickeltisch war er ideal.

So gestalteten wir dein zukünftiges Heim. Und wir hofften, dass du es bald beziehen würdest.

26.Kapitel: Endlich darfst du nach Hause!

Mein lieber Peter,

Anfang September deuteten uns Ärzte und Krankenschwestern an: „Bald darf Peter nach Hause!" Du trankst unterdessen gut und nahmst ausreichend zu.

Auch deine Augen verbesserten sich. Jede Woche wurden deine Augen einmal kontrolliert.

Dabei handelt es sich um eine recht unangenehme Untersuchung für Kinder. Der Raum, in dem die Untersuchung stattfindet, muss verdunkelt werden. Eine Krankenschwester hält die Kinder fest, während ein Augenarzt mit einer Art Haken die Augen begutachtet. Die Untersuchung selbst macht keine Schmerzen – das jedenfalls versicherte man Patrick und mir. Aber welches Kind wird schon gern festgehalten? Keines – und deswegen schreien die Kinder dann. Zum Glück ging durch die vermehrte Gabe von Sauerstoff die Netzhautablösung bei dir langsam zurück.

Du wurdest von immer weniger Schläuchen, von immer weniger Apparaten überwacht. Irgendwann gab es keinen einzigen Schlauch, kein einziges Kabel an deinem Körper mehr.

Dein Blutschwämmchen an einer Hand hatte man mit einem Kältestab in zwei Sitzungen fast vollständig entfernen können.

Die Gehirnblutung war unterdessen verschwunden, wie die Röntgenaufnahmen bei einer Kernspintomografie zeigten. Dennoch konnte man nicht Entwarnung geben – man musste einfach abwarten, was die Zeit zeigen würde. Wie schon erwähnt, konnte sich die Tatsache, dass du eine Gehirnblutung hattest, negativ auf deine Entwicklung auswirken, zum Beispiel dann, wenn du laufen oder sprechen lernen solltest.

Wenn ich dich besuchte, durfte ich dich, wenn das Wetter schön war, im Kinderwagen im Krankenhauspark spazieren fahren. Am Wochenende spazierte Patrick mit. Du schliefst meistens im Wagen. Das Ruckeln und Schaukeln machten dich müde.

Du entwickeltest dich. Patrick und ich waren zuversichtlich.

Jedoch machte der zweite Leistenbruch einen Strich durch unsere Überlegungen, dich bald mit nach Hause nehmen zu dürfen. Der zuerst angekündigte Entlassungstermin verschob sich.

Am 18. September, einem Samstag, war es endlich soweit. Wir packten hübsche Babykleidung und den Babysitz in unser Auto und machten uns auf den Weg ins Krankenhaus nach Bronislawville. Es regnete. Ich fühlte mich etwas mulmig und hatte in der Nacht schlecht geschlafen. Es war einfach, ein Kind zweimal pro Tag im Krankenhaus zu besuchen und es wieder anschließend in die Obhut der Ärzte und Schwestern zu übergeben. Wie aber würde die Pflege zu Hause sein?

Im Krankenhaus zogen wir dir die Babysachen an, die wir für dich gekauft oder von Verwandten bekommen hatten, unter anderem ein selbst gestricktes Jäckchen und ein Mützchen.

Eine Krankenschwester überreichte uns dein gelbes Untersuchungsheft und einen Zettel. Auf jeden Fall sollten wir gleich am folgenden Montag den Kinderarzt aufsuchen. Der Besuch beim Augenarzt hatte Zeit – er sollte aber in drei bis sechs Monaten erfolgen. Am 1. Oktober sollten wir zur Kontrolle der Stelle, an der du einst das Blutschwämmchen hattest, im Krankenhaus vorbeischauen, am 2. Dezember würde eine Untersuchung in der „Risikoambulanz" vorgenommen werden. Diese Untersuchungen waren obligatorisch für dich, weil du zu früh geboren warst.

Patrick und ich verabschiedeten uns von den Krankenschwestern und stifteten ein bisschen Geld für die Kaffeekasse oder „Kängurustühle" oder, was auch immer die Schwestern davon kaufen wollten. Dann schnallten wir dich in dem Babysitz, den viele als „Maxi Cosy" bezeichnen, an und befestigten diesen im Auto.

Wir fuhren nach Hause mit dir. Nach Hause in Aliceberg.

Wir wussten nicht, was die Zukunft bringen würde – welche Sorgen und Nöte. Vor allem, weil du doch ein Frühgeborener bist.

Du bist unterdessen anerkannt schwerbehindert. Es gab einige Leute, die mir und dir eine ruhige und schöne Schwangerschaft nicht gönnten. Über sie habe ich mich bei der evangelischen Kirche beschwert, weil sie der Hauptgrund sind, dass ich dort nicht mehr eingetreten bin. Ich suchte nach einer anständigen, christlichen Kleingruppe und nicht nach Dorftratsch und einer „Brutstätte für Klatsch, Tratsch und Verleumdung", die Leuten den christlichen Glauben vergällen soll. Die Angelegenheiten anderer Leute sind kein rechtsfreier Raum, in denen jeder billige Tratschkreis Informationen stehlen und missbrauchen kann, ohne die Zustimmung der Leute, um die es geht, einzuholen! Mit meiner Beschwerde bei der Kirche habe ich den Fall für mich jetzt abgeschlossen. Die Kirche nimmt das ernst, denn sie will nicht noch mehr Mitglieder verlieren.

Es gab allerdings auch viele Leute, die uns halfen und uns immer noch helfen. Dafür sollten wir froh und dankbar sein.

Wir machten mit dir Ergotherapie und wir machten und machen immer noch Krankengymnastik. Und wir vertrauen Gott – er wird uns führen und leiten und uns die Menschen zeigen, die dir bei deiner Entwicklung weiterhelfen können. Solche Menschen haben wir schon getroffen, aber wir brauchen sie auch weiterhin.

Wir hoffen und beten für dich. Und wir lieben dich beide. Wir, deine Mutter und dein Vater.

27. Kapitel: Wie Firmen versuchen, Mütter zu benachteiligen

Lieber Peter,

ich sollte Dir noch erzählen, wie mir mein ehemaliger Arbeitgeber mein mir zustehendes Weihnachtsgeld nicht zahlen wollte.

Ich schildere die Ereignisse, die sich zugetragen haben – so objektiv wie möglich, damit sie auch anderen Lesern hier nützlich sein können. Folgenden Schriftwechsel gibt es zwischen mir und dem Anwalt der Firma DORNSTRAUCH in Mirandabach, die mir mein zustehendes Weihnachtsgeld für 1999 – das Jahr Deiner Geburt – bis heute nicht zahlen will. Warum, weiß ich nicht.

Herr Dornstrauch gründete 1980 seine Maschinenbau-Firma in Mirandabach. Nach einigen Jahren harter Arbeit erntete er die Früchte seiner Mühen.

Sein Unternehmen florierte und zählte bereits im Januar 2001 circa 400 Mitarbeiter. Die Firma wuchs wegen des engagierten Einsatzes ihrer Mitarbeiter, darunter auch einiger Frauen, die unterdessen Kinder bekommen haben. Man gewann interessante und gute Kunden im In- und Ausland.

Betriebstreue wird dort belohnt – leider nicht bei allen Müttern im Erziehungsurlaub. Jeder der Mitarbeiter der Firma DORNSTRAUCH erhält normalerweise eine Jubiläumsprämie in Höhe von DM 1.000,-- (ca. 500 EURO) bei zehnjähriger Betriebszugehörigkeit, also für jedes Jahr in der Firma DM 100,-- (ca. 50 EURO). Dazu noch einen Geschenkkorb mit Lebensmitteln.

Alles wird in einigen feierlichen Minuten während einer Frühstückspause in der Eingangshalle des Verwaltungsgebäudes einem der Geschäftsführer der Firma DORNSTRAUCH höchstpersönlich überreicht. Danach schießt man noch ein Foto für die Erinnerungs-Fotowand in einer der Montagehallen.

Nachdem Herrn Dornstrauchs Schwiegertochter, als sie sich im Erziehungsurlaub befand, einen Geschenkkorb und einen Scheck über 1.000,-- D-Mark wegen zehnjähriger Betriebszugehörigkeit während einer vorhin geschilderten Zeremonie überreicht bekommen hatte, dachte ich, allen Müttern stünde folgerichtig dasselbe zu, wenn ihr zehnjähriges Betriebsjubiläum vor der Türe stand.

Und wie sah es mit meinem Weihnachtsgeld aus? Du, mein lieber Sohn, wurdest am 11.05.1999 geboren. Da du ein Frühchen bist, dauerte mein Mutterschutz bis zum 14.09.1999. Würde mir also nicht

Weihnachtsgeld anteilig für den Zeitraum vom 01.01.1999 bis 14.09.1999 zustehen? In vielen Broschüren und Schriften für Mütter im Erziehungsurlaub erfuhr ich nichts Genaues zum Thema „Weihnachtsgeld und Jubiläumsprämien für Mütter im Erziehungsurlaub".

Und so wartete ich. Ich erhielt mein Weihnachtsgeld für 1999 nicht. Und am 01.04.2000, als ich auf zehn Jahre Betriebszugehörigkeit zurückblicken konnte, erhielt ich weder einen Scheck noch einen Geschenkkorb der Firma DORNSTRAUCH. Nicht einmal einen Dankesbrief, in dem man sich für meine treue und gute Mitarbeit bedankte. Ich finde das schade – habe ich nicht zum Beispiel dazu beigetragen, dass die Firma DORNSTRAUCH ihr Ansehen bei den hiesigen Zollämtern aufpolieren konnte? Habe ich nicht mitgeholfen, den asiatischen Markt aufzubauen? Habe ich nicht viele andere positive Dinge in der Firma bewirkt?

Ich ließ noch einige Monate ins Land gehen. Das war ein Fehler.

Als ich durch Zufall ein neues Gerichtsurteil in der August-2000-Ausgabe des Magazins der „Stiftung Warentest" entdeckte, schrieb ich an die Firma DORNSTRAUCH.

Dieses Magazin erwähnte in wenigen Sätzen, dass auch Mütter im Erziehungsurlaub Jubiläumsprämien und Weihnachtsgeld erhalten müssen, wenn diese Zahlungen an die anderen „aktiv tätigen" Mitarbeiter eines Unternehmens geleistet werden.

„Stiftung Warentest" gründete diese Angaben auf ein neues Gerichtsurteil aus dem Jahre 1999.

Nach diesem Urteil hatten Mütter im Erziehungsurlaub Anspruch auf diese Zahlungen.

So verfasste ich am 4. August 2000 folgenden Brief an die Firma DORNSTRAUCH:

„Kürzlich habe ich erfahren, dass man auch im Erziehungsurlaub ein Anrecht auf Jubiläumszahlungen und Weihnachtsgeld (sofern dieses an die Belegschaft gezahlt wurde) hat. Wie werden Weihnachtsgeld und Jubiläumszahlungen für Mütter im Erziehungsurlaub bei der Firma DORNSTRAUCH gehandhabt?

Am 1. April 2000 hatte ich mein zehnjähriges Arbeitsjubiläum bei der Firma DORNSTRAUCH. Jedoch habe ich von Ihnen dazu bisher weder ein Schreiben noch irgendeine Anerkennung erhalten."

Eine Antwort erhielt ich erst einmal nicht – hatte man meinen Brief ignoriert? Ich hakte nochmals am 19. September 2000 mit einem weiteren Brief nach und bat um Beantwortung meiner Fragen.

Mitte Oktober 2000 fand ich endlich die Antwort zu meinen Briefen in meinem Briefkasten. Die Antwort kam allerdings nicht von der Firma DORNSTRAUCH selbst, sondern von ihrem Rechtsanwalt.

Warum verstieß Herr Dornstrauch gegen den Grundsatz, den er mir stolz während meines Einstellungsgesprächs im November 1989 dargelegt hatte:

„Wissen Sie, meine Frau und ich wollen keinen Betriebsrat in der Firma haben. Wenn einer unserer Mitarbeiter ein Problem oder eine Frage hat, kann er zu uns selbst kommen!"

Ja, warum kam dann die Antwort nicht von Herrn Dornstrauch selbst? Herr Dornstrauch wollte offensichtlich doch nicht mit seinem „Fußvolk" kommunizieren und hatte beide Briefe einem Rechtsanwalt übergeben.

Dieser Rechtsanwalt packte die Aussage „Herr Dornstrauch *will* 1999 Müttern im Erziehungsurlaub keine Jubiläumsprämien und kein Weihnachtsgeld bezahlen" in drei Seiten und führte ein Gerichtsurteil von 1995 an. Außerdem erwähnte er zwei Aktennotizen der Firma, die ich bis zu diesem Zeitpunkt nie erhalten hatte.

Der Brief des Rechtsanwaltes vom 12.10.2000 lautete:

„Sehr geehrte Frau Geddes,

die Firma DORNSTRAUCH hat mich gebeten, Ihre Schreiben vom 04.08. und 19.09.2000 zu beantworten. Gegenstand Ihrer Schreiben ist die Frage, ob Weihnachtsgeld und Jubiläumszahlungen während des Erziehungsurlaubes zu zahlen sind.

Wir haben die entsprechenden Zusagen unserer Mandantin (Anmerkung der Verfasserin: damit ist die Firma DORNSTRAUCH gemeint) und die Rechtssprechung überprüft und sind zu dem Ergebnis gelangt, dass Ihnen kein Anspruch auf die Weihnachtsgratifikation und die Jubiläumssonderzahlung zusteht.

In der Anlage fügen wir die Schreiben (damit sind die vorhin erwähnten Aktennotizen gemeint) unserer Mandantin vom 25.04.2000 und 15.11.1999 bei.

Den Schreiben können Sie entnehmen, dass Weihnachtsgratifikationen und Jubiläumssonderzahlungen freiwillige Leistungen sind und unsere Mandantin somit vertraglich nicht zur Zahlung verpflichtet ist. Unsere Mandantin hat daher in den beigefügten

Schreiben näher definiert, unter welchen Voraussetzungen die Zahlungen erfolgen. In den Schreiben heißt es ausdrücklich:

‚Für die Zeit des Ruhens des Arbeitsverhältnisses besteht kein Anspruch auf Weihnachtssonderzahlung. Dabei ist es unerheblich, ob das Arbeitsverhältnis kraft Gesetzes oder kraft Vereinbarung ruht. Auch für Zeiten des Erziehungsurlaubes wird die Weihnachtssondervergütung nicht bezahlt.'

Die gleiche Regelung findet sich auch in der Jubiläumssonderzahlung.

Nach der Rechtssprechung des BAG (Bundesarbeitsgericht) kann der Arbeitgeber dies entsprechend regeln. Das BAG führt hierzu aus:

‚Die Entscheidung der Beklagten, einem Mitarbeiter im Erziehungsurlaub bzw. in einem ruhenden Arbeitsverhältnis keine Weihnachtsgratifikation zu zahlen, verstößt auch nicht gegen den Gleichheitsgrundsatz.

Eine Differenzierung zwischen einem Arbeitsverhältnis, das tatsächlich unter Erfüllung der beiderseitigen Hauptpflichten vollzogen wird, und einem Arbeitsverhältnis, dessen Hauptpflichten ruhen, ist jedoch nicht sachwidrig. Das Ruhen des Arbeitsverhältnisses während des Erziehungsurlaubes mit der Frage der Aussetzung von Arbeitspflicht und Lohnzahlungspflicht ist von solchem Gewicht, dass eine allgemeine Gleichstellung der betroffenen Arbeitnehmer mit Arbeitnehmern in einem nicht ruhenden Arbeitsverhältnis nicht gefordert werden kann.'

(BAG, Urteil vom 06.12.1995 – 10 AZR 198/95)

Vor diesem Hintergrund besteht kein Zweifel, dass unsere Mandantin sich rechtmäßig verhalten hat. Wir bitten daher um Verständnis, dass eine Zahlung der Weihnachtsgratifikation und der Jubiläumssonderzahlung nicht in Betracht kommt.

Ausnahmen sind leider nicht möglich, da sonst gegen den Gleichheitsgrundsatz anderer im Erziehungsurlaub befindlicher verstoßen würde.

Mit freundlichen Grüßen – M. P. Mierda (Unrechtsanwalt)"

Drei Seiten umfasste dieser Brief, und die beiden erwähnten Aktennotizen waren nicht beigelegt.

Ich hatte sie vorher noch nie gesehen, noch nie von ihnen gehört, die Firma DORNSTRAUCH hatte sie mir nie zugesandt. So forderte ich diese Aktennotizen unverzüglich am 16.10.2000 an. Und – warum zitierte dieser Rechtsanwalt ein Gerichtsurteil von 1995, wenn es doch ein neues von 1999 gab? Waren die Angaben der „Stiftung Warentest" zu diesem Thema nicht richtig?

Mein Mann und ich suchten im Internet, wurden fündig und fanden das Gerichtsurteil von 1999 zu diesem Thema. Eine Managerin hatte gegen ihren Arbeitgeber geklagt und wollte ihre Ansprüche auf eine Gewinnbeteiligung im Erziehungsurlaub geltend machen. Die Richter wiesen diese Klage ab, stellten aber gleichzeitig fest: „Eine Gewinnbeteiligung unterscheidet sich von treuebezogenen Zuwendungen wie etwa dem Weihnachtsgeld oder einer Jubiläumsprämie, auf die in der Regel auch ein Arbeitnehmer im Erziehungsurlaub einen Anspruch hat."

Mein Brief vom 16.10.2000 an das Rechtsanwaltsbüro in Stuttgart lautete also:

„Ich beziehe mich auf Ihr Schreiben vom 12.10.2000 und bitte Sie, mir die darin erwähnten Schreiben (Aktennotizen) der Firma DORN-STRAUCH vom 25.04.2000 und 15.11.1999 zu übersenden. Diese Schreiben waren Ihrem Brief als Anlage nicht beigefügt. Außerdem wurden mir diese Schreiben von der Firma DORNSTRAUCH bisher weder ausgehändigt, noch zugeschickt, noch auf eine andere Art und Weise zugänglich gemacht/zur Kenntnis gebracht.

In Ihrem oben genannten Schreiben führen Sie ein Urteil des Bundesarbeitsgerichtes vom 06.12. 1995 – 10 AZR 198/95 an. Ich möchte darauf hinweisen, dass es ein neues Urteil vom Arbeitsgericht Frankfurt (Main) gibt – Az. 4 CA 5813/99:

‚Erziehungsurlauber haben keinen Anspruch auf leistungsorientierte Zusätze wie Gewinnbeteiligungen, wohl aber auf treuebezogene wie Weihnachtsgeld oder Jubiläumsprämien.'

Mit freundlichen Grüßen...“

Die Aktennotizen erhielt ich umgehend mit einer Entschuldigung „für das Versehen“ vom Rechtsanwalt. Zu dem neuen Gerichtsurteil von 1999 antwortete er mir am 26.10.2000 folgendermaßen:

„Sehr geehrte Frau Geddes,

in obiger Angelegenheit nehmen wir Bezug auf Ihr Schreiben vom 16.10.2000 und weisen darauf hin, dass unsere Mandantin in ihren Schreiben vom 25.04.2000 und 15.11.1999 deutlich darauf hingewiesen hat, dass für Zeiten des Erziehungsurlaubes

keine Weihnachtsgratifikation und Jubiläumssonderzahlung geleistet werden.

Dies wurde durch das Urteil des Arbeitsgerichtes
Frankfurt/Main nicht entschieden.

Mit freundlichen Grüßen – M. P. Mierda (Unrechtsanwalt)"

Was sollte dieses Schreiben? Warum wehrte
man sich vehement, mir das zu zahlen, was mir
rechtmäßig zustand? Und nicht nur mir – ich weiß
von mindestens einer weiteren Mutter, die ebenfalls
das ihr zustehende Weihnachtsgeld für das Jahr der
Geburt ihres Kindes von der Firma DORNSTRAUCH
nicht bekommen hat. Warum nicht? Wir haben dafür
gearbeitet!

Mein Mann und ich analysierten die Aktennotizen der Firma DORNSTRAUCH und stießen auf eine
Ungereimtheit. Hier stand zu lesen, dass Zahlungen,
wie Weihnachtsgeld und Jubiläumsprämien, „für die
Zeiten des Erziehungsurlaubs" nicht geleistet wurden.
Mein Erziehungsurlaub hatte offiziell am 15.09.1999
begonnen, mein Mutterschutz dauerte von 11.05. bis
14.09.1999 – wie sah es aber mit der Zeit davor aus,
mit dem Zeitraum vom 01.01.1999 bis 10.05.1999?
Hier musste mir doch anteilig Weihnachtsgeld bezahlt
werden! So sagten es ja auch diese Aktennotizen!

„Für die Zeiten des Erziehungsurlaubs" – das
betraf die Zeit ab dem 15.09.1999 bis zur offiziellen
Beendigung des Erziehungsurlaubs. Ich hatte bis zum
10.05.1999 fleißig gearbeitet, hatte meine Nachfolge-
rin im Büro eingearbeitet – so gut es mir möglich war
-, denn mein Sohn kam zu früh auf die Welt und ge-

gen die Gestose konnte ich keine Vorbeugung treffen! Ich hatte an Messevorbereitungen für die INTERPACK 1999 teilgenommen und vieles mehr. Warum wurde ich auf einmal von meinem Arbeitgeber bestraft, weil ich Mutter geworden war?

Also wagte ich einen weiteren Vorstoß mit folgendem Brief am 05.11.2000, den ich an den Rechtsanwalt in Stuttgart sandte:

„Ich beziehe mich auf Ihren Brief vom 26.10. 2000 und stimme zu, dass mir für die Zeit vom 11.05. 1999 bis 31.12.1999 keine Weihnachtsgratifikation zusteht, weiterhin für die Zeit vom 11.05.1999 bis 31.03.2000 keine Jubiläumssonderzahlung.

Wie den beiden Schreiben (Aktennotizen) der Firma DORNSTRAUCH vom 15.11.1999 und vom 25.04.2000 zu entnehmen ist, werden diese Zahlungen ‚für die Zeiten des Erziehungsurlaubes' nicht geleistet.

Die genannten Schreiben schließen jedoch den Anspruch auf die Zeit vor dem Erziehungsurlaub nicht aus, da zu dieser Zeit kein ruhendes Arbeitsverhältnis bestand.

Deshalb erwarte ich eine anteilige Weihnachtsgratifikation von 01.01.1999 bis 10.05.1999 und eine anteilige Jubiläumssonderzahlung von 01.04.1990 bis 10.05.1999.

Mit freundlichen Grüßen...."

Meine Forderungen in diesem Brief hatte ich sogar zu bescheiden formuliert, wie ich später erfuhr. Die Zeit des Mutterschutzes gilt ebenso als „Zeit vor dem Erziehungsurlaub" – und so hätte ich schreiben dürfen:

„Deshalb erwarte ich eine anteilige Weihnachtsgratifikation von 01.01.1999 bis 14.09.1999 und eine anteilige Jubiläumssonderzahlung von 01.04.1990 bis 14.09.1999."

Aber egal, was ich geschrieben hätte, die Antwort des Unrechtssanwaltes von DORNSTRAUCH auf diese Forderung wäre deswegen nicht positiver ausgefallen als die Antwort, die ich am 11.11.2000 in meinem Briefkasten fand:

„Sehr geehrte Frau Geddes,
uns liegt Ihr weiteres Schreiben vom 06.11.2000 vor.

Ihre Rechtsauffassung, wonach Sie einen anteiligen Anspruch auf Weihnachtsgratifikation und Jubiläumssonderzahlung haben, ist unzutreffend. Weder Jubiläumssonderzahlung noch Weihnachtsgratifikation sind anteilig zu zahlen.

Nur wenn die Anspruchsvoraussetzungen zum Zeitpunkt der Jubiläumssonderzahlung/Weihnachtsgratifikation vorliegen, dann besteht ein Anspruch. Dies ist in Ihrem Fall nicht gegeben, so dass auch kein Teilanspruch besteht.

Mit freundlichen Grüßen..."

Was sollte nun diese Antwort bedeuten? Sie wollte mir klar und deutlich sagen: „Herr Dornstrauch will mir das mir zustehende Weihnachtsgeld für 1999 nicht bezahlen. Punkt aus!"

Hatte es noch Sinn, weiterhin mit diesem Unrechtsanwalt (Unrechtsanwälte sind Anwälte, die Marionetten „großer" Firmenbosse sind und geltende Rechtsvorschriften so verdrehen, wie es den Firmenbossen passt, und in dieser Funktion versuchen, Mitarbeitern nicht das zu geben, was ihnen zusteht) zu kommunizieren?

Nein, meinten mein Mann und ich einhellig und beschlossen, diesen Fall einem Rechtsanwalt in einem Nachbarort von unserem Wohnort zu übergeben.

Es dauerte immerhin drei Monate, bis sich dieser Rechtsanwalt im Nachbarort unseres Wohnortes mit meinem Fall befassen konnte und mir telefonisch folgende Auskunft gab:

Das Weihnachtsgeld für 1999 hat mir tatsächlich anteilig bis zur Beendigung meines Mutterschutzes zugestanden – also von 01.01. 1999 bis 14.09.1999.

Aber wann hätte ich diesen Anspruch geltend machen sollen? Dafür gab und gibt es bis heute noch keine klare Rechtsgrundlage. Am wahrscheinlichsten gilt eine Regelung im Manteltarifvertrag der IG Metall (und in den Manteltarifverträgen anderer Gewerkschaften), nach der Ansprüche von Arbeitnehmern gegenüber Arbeitgebern innerhalb von sechs Monaten eingefordert werden müssen, da sie sonst erlöschen.

Die Firma DORNSTRAUCH hat sich mir gegenüber – entgegen den Aussagen ihres Rechtsanwaltes – also nicht rechtmäßig verhalten.

Man will mir das mir zustehende Weihnachtsgeld für den Zeitraum von 01.01.1999 bis 14.09.1999 nicht bezahlen, aber ich hätte meinen Anspruch darauf innerhalb sechs Monaten, also bis zum 30.06. 2000, geltend machen müssen... Nun ist es zu spät.

Zum Thema „Jubiläumszahlung zu meinem zehnjährigen Firmenjubiläum" gibt es folgendes zu sagen. Hier muss man sich fragen: bezahlt ein Unternehmen diese Prämie „leistungsbezogen" oder „treuebezogen"?? „Leistungsbezogen" – das bedeutet, dass hier nur die Arbeitszeit, die man aktiv in einer Firma tätig war, angerechnet wird. „Treuebezogen" bedeutet, dass jeder Arbeitnehmer Anspruch auf eine Jubiläumsprämie hat, denn hier soll Betriebstreue vorrangig belohnt werden.

Ob die Jubiläumsprämie bei der Firma DORNSTRAUCH leistungs- oder treuebezogen bezahlt wird, ist leider aus den mir vorliegenden Aktennotizen der Firma, die ich auch „meinem" Rechtsanwalt zur Prüfung aushändigte, nicht klar ersichtlich. Eine Klage macht in diesem Fall also wenig Sinn – die Firma DORNSTRAUCH würde doch nur sagen, die Jubiläumsprämie sei „leistungsbezogen", und da nach über neun Jahren Arbeit in der Firma mein Kind geboren wurde, hätte ich „halt Pech gehabt".

Mein Weihnachtsgeld wurde mir nicht ausbezahlt. Dabei stand es mir zu. Man hat sich mir gegenüber nicht rechtmäßig verhalten.

Meine zehn Jahre Betriebszugehörigkeit wurden übersehen, weil ich ein Kind geboren habe. Die Einkünfte aus diesem Buch (das jetzt immerhin in der dritten Auflage vorliegt) haben etwas geholfen, diesen Verlust wieder wettzumachen.

Eines kann ich immer wieder tun: weitersagen, was mir passiert ist, und andere Mütter darauf aufmerksam machen, dass sie ein ANRECHT auf anteiliges Weihnachtsgeld bis zur Beendigung des Mutterschutzes haben!

Natürlich nur dann, wenn ein Arbeitgeber Weihnachtsgeld an die „aktiv tätigen" Mitarbeiter seines Unternehmens, seiner Praxis, seiner Dienststelle oder einer anderen Organisation, in der er Mitarbeiter beschäftigt, bezahlt hat.

Ein Arbeitgeber kann Tausende von Aktennotizen oder anderen Mitteilungen verfassen, in denen er schreibt, dass er nicht gewillt ist, Müttern Weihnachtsgeld anteilig für das Jahr der Geburt ihres Kindes/ihrer Kinder zu bezahlen. Solche Aktennotizen oder andere Mitteilungen sind keine Gesetze! Sie ändern nichts an der Tatsache, dass Müttern dieses Geld dennoch zusteht. Ihr Anrecht sollten diese Mütter spätestens bis zum 30.06. des Folgejahres geltend machen – sonst verfällt der Anspruch! Ein einfacher Brief reicht, bitte davon eine Kopie für die eigenen Unterlagen machen. Sollte der Noch-Arbeitgeber sich weigern, das zustehende Weihnachtsgeld nach mehrmaligen Aufforderungen zu bezahlen, kann man sich an einen Rechtsanwalt wenden.

Ich danke der hiesigen Tageszeitung aus Mirandabach, dass sie diesen Sachverhalt am 15.10. 2001 veröffentlichte. Man gab auf meine Bitte hin, den Namen von der Firma DORNSTRAUCH und ihrem Inhaber nicht preis, sondern betitelte ihn und seine Firma als „XY".

Lieber Peter, wer als Chef Mütter so behandelt, wie Herr Dornstrauch es getan hat, der bekommt keinen Segen, sondern wird vom Leben dafür bestraft. In seiner Firma sind unterdessen einige gute Mitarbeiter infolge von schlimmen Krankheiten oder anderer Ursachen gestorben.

28.Kapitel: Du bist heute schwerbehindert

Lieber Peter,

du bist jetzt 18 – viele Jahre sind seit deiner Geburt vergangen und viel hat sich seitdem getan.

Ich pflege dich, denn in meinen „normalen" Beruf als Industriekauffrau/Exportsachbearbeiterin konnte ich nicht mehr einsteigen. Wer Mutter ist, hat hier im Landkreis oft „schlechte Karten" – also große Nachteile. Ich bin in dieser Region schon oft diskriminiert worden, weil ich Mutter bin.

Meine Eltern sind unterdessen gestorben – sie durften über 80 Jahre alt werden. Darüber darf man froh und dankbar sein.

Deine Taufpatin Astrid – meine liebe Schwester also – musste uns bereits mit 42 Jahren für immer verlassen. Sie starb an Krebs. Ihr Tod berührt mich noch immer, auch wenn er bereits mehr als zehn Jahre her ist.

Weitere Fragen über dich und mich lassen sich am besten in einem Interview beantworten:

Interview mit Sonja Geddes 2017:

1. Bist Du eine Mutter?

Ja, ich bin Mutter. Mein Sohn Peter ist 18 Jahre alt und schwerbehindert – Pflegestufe 3. Oder jetzt Pflegegrad 4: Er besucht immer noch eine Schule für Kinder mit Mehrfachbehinderungen und ist auch dort von Montag bis Freitag im Fünf-Tage-Internat untergebracht.

Wie es weitergeht, wenn er diese Schule einmal nicht mehr besuchen kann, wissen mein Mann und ich noch nicht. Aber wir hoffen, dass man uns dann mit Ratschlägen und Hilfe zur Seite stehen wird.

2. Wann hast Du entschieden, dass Du Kinder möchtest?

Ich wollte lange keine Kinder haben. Nach dem Abitur machte ich zwei Berufsausbildungen – ich bin fremdsprachliche Wirtschaftskorrespondentin und Industriekauffrau, und ich arbeitete einige Jahre als Exportsachbearbeiterin. Dieser Beruf machte mir großen Spaß, zumal ich da nicht nur meine Sprachkenntnisse in Wort und Schrift anwenden konnte – ich hatte auch wirklich ein großes Wissen und viel Erfahrung, beispielsweise, was Verzollung von Waren, Versand und auch Akkreditive anbelangt.

Dann lernte ich meinen Mann kennen – er äußerte den Wunsch, Kinder haben zu wollen. Ich stellte mich da nicht in den Weg – und wurde dann auch schnell schwanger.

Als Peter dann auf der Welt war, zog ich zu meinem Mann, 90 Kilometer entfernt von meinem damaligen Wohnort. Das bedeutete, dass ich nach dem

Erziehungsurlaub auch nicht mehr bei meinem damaligen Arbeitgeber weiterarbeiten konnte.

Ich dachte damals aber noch, dass ich hier im Landkreis als Exportsachbearbeiterin eine Arbeit finden könne – aber das war nicht der Fall… Als Mutter hatte ich da keine Chance, auch als mein Sohn die Pflegestufe 3 noch nicht hatte. Die Betriebe hier in der Region diskriminierten Mütter – und einige tun das sicherlich immer noch.

Ein guter Freund meines Mannes und mir ist Zollbeamter. Und ihn frage ich immer, welche Neuerungen es in Sachen „Zoll und Export/ Import" gibt – damit ich nicht ganz den „Faden" zu einem Beruf verliere, den ich ganz gerne ausgeübt habe…

3. Bist Du als Mutter schon mal an Deine Grenzen gekommen?

Ja, ich bin schon an meine Grenzen gekommen – und ich komme immer noch an meine Grenzen.

Mein Mann und ich hatten uns nie vorgestellt, dass unser Sohn behindert sein würde – aber dadurch, dass er viel zu früh auf diese Welt kam (ich litt plötzlich an einer Schwangerschaftsvergiftung, die sowohl für mein Kind als auch für mich lebensgefährlich waren – so musste Peter sehr, sehr schnell per Kaiserschnitt geholt werden) und einige Monate im Brutkasten lag, wo die Ärzte um sein Leben kämpften, war recht schnell absehbar, dass er behindert sein würde.

Es ist jetzt nicht so, dass jedes Kind, das zu früh geboren wird, schwerbehindert sein muss/wird – das offenbart sich erst im Laufe der Zeit. Bei Peter zeigte sich innerhalb seines ersten Lebensjahres, dass er einfach „anders" war – er entwickelte sich viel langsamer als gleichaltrige Kinder, er griff nicht nach Gegenständen, wenn man sie ihm zeigte – und vieles andere war nicht so wie bei nicht behinderten Kindern.

Nach seinem ersten Geburtstag bekamen wir für ihn die Pflegestufe 1 – die Pflegestufen haben sich dann im Laufe der Jahre immer mehr gesteigert, als man merkte, dass er nicht laufen kann und so weiter.

Peter leidet an einer Spastik – oft ist sein Körper unwahrscheinlich verkrampft, mit einem Auge sieht er gut, mit dem anderen ganz schlecht – er kann nicht reden, nur „babbeln" und er kann nicht laufen.

Mein Mann und ich müssen ihn, wenn er da ist, füttern, wickeln, ihm ein Getränk mit einer Schnabeltasse einflößen. Peter kann ja außer Schlafen, Schreien und seine Notdurft verrichten (fast) gar nichts.

Und an dieser Stelle muss ich mal meinen Mann loben: alleine könnte ich die Aufgabe, ein behindertes Kind zu haben und dafür zu sorgen, nicht bewältigen, nicht packen – da wäre ich wohl schon am Ende... Aber mein Mann hat gleich gesagt, als er unseren Peter im Brutkasten sah (da war Peter noch winzig und hing an vielen Schläuchen): „Das packen wir... zu zweit... das ist unser Kind..."

Und so ist es auch geblieben – dafür bin ich dankbar.

Als Peter 12 Jahre alt war, sagte mein Mann:

„Wir haben schon seit elf Jahren ein Kleinkind."

Ja, da hatte er recht. Jetzt ist er 18 – und immer noch ein Kleinkind.

Peter versteht uns, er wächst und bekam auch schon Pickel (die Pubertät hat er durchlebt) – aber sein Geist ist wie der eines Kleinkindes. Und das wird wohl noch lange so bleiben.

Ich stoße schon lange an meine Grenzen. Nicht, weil er immer schwerer wird. Es nervt mich, dass mir auch noch die Pflege meiner Schwiegermutter „aufgehängt" wurde. Sie will leider nicht in Kurzzeitpflege und nicht in ein Altersheim. Sie meint immer, dass sie meine Schwägerin und mich mit ihren egoistischen Wünschen nerven kann! Aber wir sind doch nicht ihr Hund!

Wir können wegen der Schwiegermutter nicht so in den Urlaub fahren, wie wir wollen – und sind deswegen immer gebunden, das nervt mich schon lange! Außerdem bekomme ich kein Geld von der Pflegeversicherung dafür, dass ich mich von der Schwiegermutter nerven lasse!

Ich pflege lieber meinen Sohn, da er ein Teil von mir ist – aber die Schwiegermutter doch nicht!

Noch trage ich meinen Sohn mit seinen 40 Kilo Gewicht. Noch. Aber das kann ich nicht mehr lange tun. Wir haben ein Scalamobil – das ist ein Gerät, mit dem man gehbehinderte Personen über Treppenstufen transportieren kann. Ich wollte dieses Ding lange Zeit nicht verwenden, musste mich aber doch mal irgendwann daran gewöhnen.

Jetzt habe ich mich daran gewöhnt. Mir blieb nichts anderes übrig, sonst bekomme ich starke

Rückenprobleme. Mein Mann hat schon Rückenprobleme, eigentlich reicht das...

4. Hast Du manchmal das Gefühl, dass Dich Deine Kinder nicht ernst nehmen?

Mein Sohn Peter lebt in seiner ganz eigenen Welt. Klar kennt er uns – und er versteht uns auch – aber er kann sich nicht mit Worten mitteilen. Und er weiß sehr wohl, was er darf und was er nicht darf. Und so kann es manchmal vorkommen, dass wir ihn ermahnen, er solle doch dies und jenes nicht tun – und gerade dann tut er es.

Und genau dann wissen mein Mann und ich, dass er uns nicht ernst nimmt – und dass er testen will, wie weit er gehen darf.

Nur mein Mann nimmt mich nicht ernst. Wenn ich sage, dass ich durch seine Mutter genervt bin, interessiert ihn das gar nicht. Das finde ich blöd.

5. Würdest Du gerne mit "Nicht-Müttern" tauschen?

Nein, nie – so merkwürdig das klingt. Denn dadurch, dass mein Sohn schwerbehindert (Pflegestufe 3 – das entspricht dem Pflegegrad 4) ist, finde ich keinen Job als Exportsachbearbeiterin oder in einem anderen Büroberuf mehr. Meine berufliche Karriere hat also durch meinen Sohn zu einem Ende gefunden – klar schmerzt das immer wieder. Dann aber gibt es Momente, während derer mich mein Sohn total anstrahlt, total anhimmelt – und dann weiß ich, dass er mich liebt – auch wenn er es mir nicht sagen kann.

Das sind die Augenblicke, während derer ich mich als Mutter unwahrscheinlich beschenkt fühle....

Dann weiß ich, bei all den Mühen, all der Zeit, die ich für ihn brauche, kommt doch irgendwas von ihm zurück... Und das ist das Höchste für mich – und deswegen möchte ich meinen Sohn nicht hergeben, auch wenn es nicht einfach mit ihm war, mit ihm ist und mit ihm sein wird...

Bei der Schwiegermutter kommt leider nichts zurück, das ist nur Nerverei pur – und immer wieder die schlechte Laune und Unhöflichkeit, die man sich von ihr bieten lassen muss.

6. Hast Du ab und zu das Gefühl, nur noch als Mutter gesehen zu werden?

„Nur als Mutter" sehen mich potentielle Arbeitgeber, in deren Firmen ich mich bewerbe und die mich als Mutter ablehnen mit den Sätzen „Wir haben jemanden gefunden, die besser in unser Team passt" – und ich habe es auch schon oft genug während diverser Vorstellungsgespräche gehört. Da gibt es Personalchefs oder andere Firmenmitarbeiter (meistens Männer, übrigens), die mir schon gesagt haben: „Wie bitte – Sie wollen wieder arbeiten? Sie haben doch ein Kind!"

Ja, ich bin Mutter – aber zum Glück gibt es auch andere Leute, die mich nicht nur als Mutter sehen. Ich habe einige Bekannte und Freunde, die ich immer wieder mal treffe. Außerdem nehme ich schon lange an einem Konversationskurs für Französisch an der Volkshochschule teil, um in dieser Sprache fit zu bleiben – und vor allem das Sprechen nicht zu verlernen.

Und ich gebe noch Nachhilfe für diverse Nachhilfeinstitute. Diese Nachhilfeinstitute waren die einzigen Arbeitgeber, die mich nicht kritisiert haben, weil ich als Mutter arbeiten will. Ihnen sind einzig und alleine meine Kenntnisse, die ich Schülern, die es brauchen, vermitteln kann – und das ist gut so.

7. Sind die anderen Mütter scheinbar immer besser?

Ich denke nicht, dass das stimmt. Denn jeder hat doch irgendwie „sein eigenes Päckchen" zu tragen. Wir sehen oft nicht hinter die Fassade anderer Leute, auch anderer Mütter – außer, sie sagen uns, was sie bewegt. Ich denke, DIE perfekte Mutter gibt es nicht – wir machen alle Fehler in der Erziehung unserer Kinder und wir lernen daraus – egal, ob wir nicht behinderte und/oder behinderte Kinder haben.

8. Verstehst Du Deine Mutter inzwischen besser?

Ich habe – bevor ich selbst Mutter wurde – schon zu meiner Mutter gesagt: „Ich bewundere dich, dass du fünf Kinder groß gezogen hast – das ist wirklich eine Leistung!" Als ich das sagte, hatte ich bereits Nichten und einen Neffen – und ich sah auch bei Bekannten und Freunden, wie schwer es oft für sie war, ein oder zwei Kinder zu erziehen – und meine Mutter hatte es mit fünf Kindern geschafft! Respekt! Und dadurch verstehe ich sie besser, als ich es tat, als ich noch ein Kind oder Jugendliche war.

Allerdings hat meine Mutter auch eines der schlimmsten Ereignisse in ihrem Leben erleben müssen, das eine Mutter, die ihr Kind/ihre Kinder liebt, mitmachen muss: eine ihrer Töchter starb - davon habe ich schon berichtet.

9. Bereust Du, dass Du Kinder hast?

Und hier kommt jetzt die Antwort, die sicherlich niemand verstehen wird – und die ich vor Jahren auch nicht verstanden hätte.

Nein, ich bereue es nicht, dass ich ein Kind habe. Und wenn seine Pflege und der Umgang mit ihm oft mühsam und zeitaufwändig sind, so liebe ich mein Kind – und ich will es nicht hergeben.

Der Schritt, ihn ins Internat zu geben, war nicht einfach für meinen Mann und mich. Wir haben uns das wirklich reiflich überlegt. Aber Peter geht es gut in dem Internat, er ist unter Kindern, die zum Teil dieselben Behinderungen haben wie er – und er fühlt sich wohl. Auch über das Personal können wir nicht klagen. Und es ist doch schön, dass Peter vor allem an den meisten Schultagen länger schlafen kann, weil er gleich dort wohnt, wo seine Schule ist – und dass ich ihn nicht vor sechs Uhr morgens wecken muss, weil um 6.45 Uhr der Fahrdienst vor der Türe steht und ihn in die Schule abholt – und er auch keine täglichen langen Fahrten zur Schule und zurück mehr ertragen muss

10. Welche Zeit Deines Mutterdaseins war für Dich am einfachsten?

Spontan würde ich sagen. Da gibt es keine. Denn mein Sohn war schon immer anders als andere Kinder. Ich habe sehr viel geweint, als er ganz klein war –

ein Häufchen Mensch – und im Brutkasten lag, total verkabelt.

Aber es gab eine Zeit, als er vom Krankenhaus nach einigen Monaten im Brutkasten und in der Frühgeborenenstation und nach zwei Leistenbruch-Operationen entlassen worden war, da war er einfach zu pflegen. Er war noch leicht und klein und einfach zu pflegen, auch die Flasche nahm er gerne. Man konnte ihn überallhin mitnehmen.

Als er kein Baby mehr war, rannte und fuhr ich mit ihm zu Ärzten und zu Therapien. Und er wurde auch schwerer, und war immer schwerer zu pflegen – dazu kamen diverse Probleme (beispielsweise hat Peter ein Verdauungsproblem – oft Verstopfung -, weil er nicht herumrennen kann wie andere Kinder).

Zu Ärzten und zu Therapien gehen wir übrigens heute noch. Und immer schon trug ich Peter, fütterte ich ihn, wickelte ich ihn – und das ist bis heute so geblieben.

Natürlich hätten mein Mann und ich gerne ein Kind ohne Behinderungen gehabt – aber solche Dinge kann man sich im Leben nicht aussuchen. Wir versuchen, unsere Aufgaben und alle Herausforderungen, die das Leben mit einem behinderten Kind mit sich bringt, zu akzeptieren – und das Beste daraus zu machen. Bedauern hilft da nichts – wir müssen nach vorne sehen.

Seit Peter 18 Jahre alt ist, benötigt er einen Betreuer. Ich bin seine Betreuerin und muss mich mit dem zuständigen Betreuungsgericht auseinandersetzen. Es heißt, dass das Betreuungsgericht überlastet sei. Ich aber meine, dass sie sich ihre Mehrarbeit selbst schaffen, da sie jeden Vorgang, jede Genehmigung komplizierter machen müssen.

Liebe Leserin, lieber Leser, sollte Ihr schwerbehindertes Kind bald 18 Jahre alt werden, so kümmern Sie sich darum, dass Sie Betreuer für Ihr Kind werden! Sonst wird Ihnen ein Betreuer „vor die Nase" gesetzt, und damit kann man manche unliebsame Überraschungen erleben (im Fernsehen wurde schon ausführlich darüber berichtet). Wie man Betreuer wird, sagen Ihnen die Betreuungsvereine in Ihrer Nähe.

Weiterhin haben mein Mann und ich ein so genanntes „Behindertentestament" gemacht. Das war wichtig, weil Peter behindert ist. Wir haben uns von einem Anwalt für Erb- und Sozialrecht beraten lassen, der das Testament auch gleich für uns formulierte. Auch das ist absolut zu empfehlen, wenn man ein behindertes Kind hat – damit ein Ehepartner, wenn der andere stirbt, nicht auf einmal böse Überraschungen mit einigen Behörden erlebt! Deswegen kann man den Besuch bei einem Anwalt für Erb- und Sozialrecht nur empfehlen, wenn man in einer Situation ist, wie wir es sind.

Peter ist behindert – und das tragen mein Mann und ich gemeinsam. Es gibt gute und schlechte Zeiten. Und so wird es auch bleiben.

Adelheid Bürkle

„...und ab geht die Post!"

Tipps und Erfahrungen rund um Briefkontakte

Die dritte und erweiterte Auflage dieses Buches
ist der ultimative Ratgeber für alle Brief- und E-Mail-
Freunde und alle, die es werden wollen.
Begeistert äußern sich Leser darüber:
„Ein Muss für jeden Brieffreund!"
„Ich konnte nicht aufhören zu lesen – schade,
dass das Buch schon so bald zu Ende war..."
Dem kann abgeholfen werden. Denn diese dritte
Auflage ist nicht nur auf dem neuesten Stand, son-
dern bietet auch neue Geschichten, neue Einsichten,
neues Lesevergnügen.
Also – worauf noch warten? Zum Stift gegriffen
oder zur PC-Tastatur – und ab geht die Post!

Verlag: Books on Demand (BoD), Norderstedt
140 Seiten
ISBN-Nummer: 13: 978-3-7386-2595-0